KB186657

시인일기

시인일기

박용하

인간은 지극히 감정적인 동물이다

2010년 1월 - 2014년 12월

한 줄을 쓰는 사람

'시인이란 무엇인가' 묻는다면 뭐라 답할 것인가. '스스로 제외된 개인'이라 답하겠다. 다시 시인이란 무엇인가 묻는다면 '말에 걸린 자, 말에 질린 자, 말에 올라 탄 자'라 답하겠다. 또다시 시인이란 무엇인가 묻는다면 '어둠이 되는 자, 빛에 긁힌 자'라 답하겠다. 이 황사 쳐들어오는 난감한 봄날, 시인이 뭐냐고 묻는다면 '무용지물, 무용지물, 무용지물, 천하의 무용지물'이라 답하겠다. 다시 시인이 뭐냐고 묻는다면 '순간을 감별하는 자, 순간을 범하는 자, 순간을 데우는 자'라 답하겠다. 또다시 시인이 뭐냐고 묻는다면 '언어가 생각하게 말하는 사람'이라 답하겠다. 봄비 추적거리는 거리에서 시인이란 무엇인가 재차 묻는다면 '고통하는 사람, 슬픔 받는 인간'이라 답하겠다. 비 내리는 가을밤 시인이 뭐냐고 묻는다면 '너, 딩신, 그, 그대, 우리란 이름으로 남은 덧없고 더없는 나'라고 답하겠다. 눈 내리는 겨울 아침 시인이 뭐냐고 묻는다면 '움직이는 부재不在'라 답하겠다. 대체 시인이 뭐야 기습

하듯 묻는다면 '너를 향하는, 나 아닌 나를 찾아가는, 타인을 향해하는 타인의 타인'이라 답하겠다. 그러고도 시인이란 무엇인가 묻는다면 '젖은 자, 젖은 자, 메마름에 젖은 자'라 답하겠다. 다시 시인이란 무엇인가 묻는다면 '언어의 파괴승, 말의 타락천사'라 답하겠다. 한 번 더 시인이란 무엇인가 묻는다면 '한 줄을 쓰는 사람, 한 줄 이후를 쓰는 사람, 오직 한 줄을 쓰는 사람, 끝까지 한 줄을 쓰는 사람'이라 답하겠다. 아침에 물으면 아침에 다를 것이고, 저녁에 물으면 저녁에 다를 것이다. 백 번 물으면 백 번 다 다를 것이다.

시를 쓰며 산 지, 시가 내 몸을 흐르기 시작한 지 삼십삼 년이 흘렀다. 시를 쓰지 않았으면 나는 무엇이었을 것이며 무엇에 열중하고 살았을까. 딱히 생각나는 것도 없고 둘러댈 것도 마땅찮다. 이제야 말이지만 시를 쓰지 않았다면 내 외로운 시선과 거친 호흡을 증명할 방법이 있겠나 싶다. 그 젊은 시절 왜 내가 글을 쓰려 했는지 지금도 아득하기만 하다. 연유를 말하기는 어려우나 행위는 가열찼다. 나는 젊은 날 한때 시의 벼락이라도 맞은 듯 수십 편의 시를 며칠 사이 한꺼번에 쏟아낸 적도 있다. 그땐 시가 내 몸을 통해 폭발하듯 터져 나왔다. 하지만 그런 광적인 시의 순간은 삶에 자주 오는 게 아니었으며, 그 후에도 몇 차례 말이 요동치고 언어가 분출하기도 했으나 그때만큼 강렬하지는 않았다. 이제 나는 쓴다. 씌어지기 위해 쓴다. 시는 내가 쓰는 거지만, 좋은 시는 쓰는 것 이상으로 씌어진다. 다시 시의 벼락을 맞는 날이 올까. 그러기 전에 첫 한 줄, 첫 한 줄이 오기까지 막대한 침묵, 첫 한 줄 이후의 어둠, 어둠 이후의 다시 한 줄이 있을 뿐이다. 지금 이 순간, 백지 위에 초유의 한 줄을 쓰는 게 희망이며, 그 희망은 지금껏 내가 살고 알고 겪었던 것들 위에, 생로병사와 감정의 세계 안팎에 있는 것들일 게다. 하지만 그것은 미지의 지금 이 순간에 생성되는 것이기도 할 것이다. 글을 쓴다는 것은 지금 이 순간을 쓰는 것이며, 지금 이 순간에 걸려 있는 과거와 미래를 쓰는 것이다. 태어나지 않는 게 가장 좋고, 태어난 게 그 다음으로 좋다고 말할 수 있는 것도 태어난 자의 고통스런 입과 심장을 통해서다.

내 삶은 오늘도 어김없이 줄어들었다. 그날 그밤 거기서 썼던 문장은 이제 두 번 다시 오지 않는다. 그날 그밤 거기서 종말을 맞았다. 그 밤의 눈빛과 그 밤에 씌어졌던 문장의 눈빛은 그 밤에 엄연히 속해 있었나. 그밤 나와 함께 했던 사람도 그러하나. 나는 그 밤을 생각하지만 네 아픔을 데려올 수 없듯이 그밤 역시 이곳으로 데려오지 못한다. 그때 그 시간에만 가능했던 불가능한 문장의 감각과 찰나의 영원. 감각의 생사마다 빛 떨리듯 피는 꽃과 숨 멎듯 지는 잎들. 어둠 아래 어둠. 두 번이 아닌 삶과 사람과 그 고요하고 격정적이고 섬세하고 열렬하고 전투적인 사랑의 밤을. 언어의 사랑을. 말의 헌신을. 그 밤은 그 밤 속으로 가버렸고, 그 밤은 그 밤으로부터 멀어졌다. 어떤 특별한 꿈이나 수식 없이 삶의 맨얼굴을 우연히 마주하는 한순간이 있듯, 삶 역시 어제와 별다를 것 없는 오늘 저녁을 지나가고 있는 나를 물끄러미 지켜보는 순간이 있다. 나는 아주 가끔 나를 잊는다. 내가 나를 넋 놓고 있는 저녁에 노을이 장엄하게 서쪽을 물들인다. 저렇게 하루에 한 번씩 지는 노을 속으로 사라졌다 일출과 함께 이 비루한 거리로 다시 돌아와 매일 매일 삶을 끝장내듯이 오늘 하루를 살고 내일로 돌아가고 싶다. 만남과 이별이 그렇고 창조와 파괴가 그렇듯이 이 세상에 정해진 건 없다. 정해진 생각과 행동을 부수는 정해지지 않은 생각과 행동이 있고, 생사가 명멸할 뿐, 우주는 정해지지 않는다.

박용하

차례

일러두기

1. 일기에 등장하는 작품들의 서지사항은 각 년도 마지막 페이지를 참고하시기 바랍니다.
2. 책과 정기 간행물은 『 』로, 詩와 중·단편 소설은 「 」로, 전시 제목과 음악 앨범, 방송 프로그램은 《 》로, 영화와 미술 작품, 노래 등은 〈 〉를 사용했습니다.
3. 이 책의 맞춤법 및 구어적 표현은 작가의 집필 의도와 성격에 따라 그대로 표기했습니다.

2010년

인생은?
손쓸 수 없는 것들의 무덤

1월 3일 일

　한 것도 없이 생의 많은 날들을 까먹고 낭비했다. 그렇다고 이 길에 후회 같은 건 없다. 지나가면 그것뿐. 그러나 아쉬움은 남는다. 더 치열하게 더 무자비하게 더 섬세하게 살 수도 있었으련만… 아무래도 돌이킬 수 없는 곳으로 너무 깊숙이 들어온 것 같고 발 빼기에는 지난 세월이 울 것이다. 직업적으로 글을 써야겠다는 생각과 이제 내 글을 쓸 나이에 다다른 게 아닌가 그런 생각이 또 불쑥불쑥 올라온다. 남아 있는 날들을 생이 얼마 남지 않은 자의 날들처럼 한 줄 한 줄 글쓰기에 내 자유와 부자유를 붙들어 맬지어다. 이제 더는 한 줄의 시도 못 쓰리라는 좌절감은 끼니 같은 거지만 그렇다고 시쓰기에 물리거나 질린 적은 없다. 그건 이번 생에 내가 받은 나의 몫이니 여생에서 그것을 챙기도록 하겠다.

2010年
겨
울

　타자는 타자다. '나는 타자다' 라고 글을 쓰고 말을 할 수는 있다. 하지만 실제 삶에서 그렇게 살 수 있는 시간은 얼마나 될까. 나와 타자가 행복하게 만나 한몸이 되고 합일하는 순간은 삶의 여러 순간들 중 극히 짧은 한 순간일 것이다. 결국 나는 언제나 나로 돌아오고 만다. 도로 아미타불. 그게 인생이다.

1월 16일 토

　눈 덮인 오빈저수지에 갔다.

　"이게 저수지야?"

　오빈저수지 방죽 흰 눈 위에 막대기로 윤동주의 시 「무서운 시간」을 한 줄 적었다.

　"나 아직 호흡이 남아 있소."

　집에 와 시집을 살펴보니 '여기'가 빠져 있다.

　"나 아직 여기 호흡이 남아 있소."

2월 11일 목

　입학식, 졸업식, 시무식, 결혼식… 여하튼 그 무슨 무슨 식들을 나는 어지간히도 싫어했다. 식은 짧으면 짧을수록 좋았다. 아니 아예 안 할 수 있으면 더 좋았다. 오늘 딸아이 초등학교 졸업식에 갔다. 사람 세워두고 졸업식을 1시간 30분이나 했다. 그 하나마나한 지루한 각종 축사들. 사람들 생각이란 참으로 변하지 않는다. 자기 자신에게 잘 보이려 하지 않고, 남에게 보여주기 위한 행사에 왜들 그렇게 많은 비용을 지불해야 하는지 모르겠다. 어쨌든 간만에 사진도 몇 장 찍었다.

2월 13일 토

　설 쇠러 강릉 갔다. 대관령은 85센티미터, 강릉도 60센티미터가 넘는 폭설이 내렸다. 영동고속도로는 제설작업이 잘 돼 있었다. 동쪽으로 갈수록 날도 개서 햇빛을 받은 설경은 내 낡은 세포를 바꿔놓기에 족했다. 살다 보면 이런 날도 있는 것이다.

3월 19일 금

인간의 증오심은 육욕만큼이나 깊고도 깊다.

4월 28일 수

H시인이 전화해 두보의 「곡강曲江」을 읽어줬다. 메일로 다시 받았다.

一片花飛減却春　꽃잎 한 점 떨어져도 봄빛이 줄어들 건만
風飄滿點正愁人　수만 꽃잎 바람에 흩날리니 내 시름겹도다
且看欲盡花經眼　저 수만 꽃잎 내 눈앞에 일순간 스러지니
莫厭傷多酒入脣　몸 상한다고 어찌 술 한 잔 마다하겠는가!
江上小堂巢翡翠　강변 작은 집에는 물총새가 둥지를 틀고
苑邊高塚臥麒麟　동산 높은 무덤가엔 기린이 나뒹군다
細推物理須行樂　천천히 물리를 헤아리며 맘껏 즐길 일이지
何用浮名絆此身　어찌 헛된 이름에 묶여 살 일 있겠는가!

—두보, 「곡강曲江」 전문

비 오고 바람 부니 봄나무들이 몸살을 합니다. 번역은 내가 손을 좀 보긴 했으나, 그다지 멀어지지는 않았다고 생각하지만 혹 또 모르겠습니다. 또 멀어진들 어쩌겠습니까, 내가 받아들이는 감수성이 그런 걸. 꽃잎 떨어진다. 내 목숨도 한 빛 줄었다. 저는 이렇게 쓰고 싶습니다.

5월 23일 일

　지난 일 년 동안 대한민국은 더 가망 없는 나라가 되었고, 양아치들과 사이비들과 모리배들의 노름판이 되었다. 썩고 또 썩고 구역질 났고 또 났다. 상당수 한국 국민은 한국 정부에 유린당하는 줄도 모르고 지냈고 유린당하고도 모른 체했다.

　상수도 배관 교체 공사로 지난 열흘 동안 정신이 없었다. 진이 빠졌다. 업자들의 나라. 자신이 하는 일에 신념과 자긍심이라곤 없는 그저 얼렁뚱땅 얼버무리고 돈이나 먹고 튀려는 먹튀 업자들의 세상. 구역질 났다. 다행히 괜찮은 배관공을 만나 공사가 잘 끝났다.

　아침부터 비가 오다 그쳤다 했다. 간만에 오빈리 일대를 산책했다. 오빈리 뒷산엔 아까시나무 꽃들이 흐드러졌고 참나무 숲엔 녹색이 연둣빛을 데려갔다. 지난밤 비에 쏟아진 아까시나무 꽃잎들이 아스팔트 위에 낭자했다. 차들이 지나갈 때 자지러졌겠지. 아스팔트 위 아까시나무 꽃잎들은 숨을 헐떡이는 것 같았고, 시선을 모으고 나를 쳐다보고 있는 것처럼 보였다. 그 여리고 고운 꽃잎들을 밟고 지나가는데 내 몸이 잠시 떨었다.

과거는 발목을 잡고, 미래는 호의적이지 않고, 현재는 망설인다.

6월 4일 금

속초에 갔다. 오후에 대진항에 갔다. 지금부터 40여 년 전 아버지가 낚시하던 곳(아버지는 그 당시 대진 한전 출장소장이었다). 대진항 뒤편 언덕 위에 있는 대진 등대에 갔다. 난생 처음 등대 안으로 들어가 봤다. 등대 위에서 본 동해는 고요하기 그지없어 거대한 호수 같았다. 나비 한 마리가 움직이면 바다가 깨어질 것처럼 고요했다. 속초에서 일박.

7월 19일 월

　후지와라 신야藤原新也의 『동양기행』을 지난달 읽었다. 지난 10년간 내가 읽은 책 중 이순신의 『난중일기』와 함께 가장 강렬한 책이었다. 그의 글은 내 피를 자극했다. 이틀 전 그의 다른 책 『황천의 개』를 다 읽었다. 역시 내 피를 자극했다. 아니다. 내 피를 끓게 했던가. 오늘 그의 또 다른 책 『아메리카 기행』을 읽고 있다. 앞의 두 권만큼 강렬하지는 않지만 여타 여행기들하고는 (인격이 천차만별이듯이) 격이 다르고 강도가 다르고 차원이 다르다.

　1990년대 중반이었던가. 한국 사회에 빠르게 삐라가 살포되었다. 무슨 삐라? '무한경쟁'이라는 삐라. 인간사회뿐 아니라 동물도 식물도 서로 경쟁하며 살아간다. 그렇다고 인간이 이 세상에 두 번, 세 번 태어나는 것도 아닌데 뭐 할 짓이 없어 무한경쟁하다 뒈져야 한단 말인가. '무한경쟁'이란 말을 만들어 살포하는 인간들은 무한경쟁하지 않아도 되는 인간들일 것이다. 이런 작자들에겐 '친절한 금자씨'의 말을 빌려 한 마디 쏘아붙여줘야한다.

　"너나 무한경쟁해라!"

　MB 정부의 속성을 적나라하게 드러내 보여주는 것은 그들이 쓰는 말을 보면 된다. 어떤 말? 값싸고 질 나쁜 주둥아리들의 뻔뻔하고 뻔한 말! 누가 봐도 뻔히 알 수 있는 말을 "주어가 없다"고 말장난 치는 것부터 그렇다. "값싸고 질 좋은 쇠고기" 운운하는 것도 어불성설이다. 우리가 살고 있는 세상이 영악하고 극악하기 짝이 없는 자본주의 사회 아닌가. 값싸고 질 좋은 쇠고기라? 이런 인간들에게도 역시 '친절한 금자씨'의 말을 빌려 한 마디 뱉아줘야 한다. 뭐라고?

"너나 실컷 먹으세요!"

8월 15일 일

삶이 어떻게 될지 아무도 모른다.
시의 다음 문장이 어떻게 될지 알 수 없듯이.
진정한 시는 끝없이 첫 문장만 있듯이.

고교 3년은 지리멸렬했다.
군대 3년보다 지리멸렬했다.

(인간은 상황에 따라 언제든 개가 될 수도 있었다)

시를 끄적거리기 시작한 지 일곱 해째(1988년) 되던 여름, 내가 시인이라는 생각이 들었다.
그 다음 해 '시의 벼락'을 처음 맞았다.
시가 내 몸을 통해 터져 나왔다.

모 신문사 시사주간지에서 교열직으로 일했다.
하는 일이 좁쌀 같은 활자 들여다보는 거였다.
책을 읽기 싫었다. 그럴 수밖에.
비디오 빌려 보며 허송세월했다.

벼라 별 인간들이 있고 그 인간들이 저지르는 벼라 별 사건들이 있다.

인간처럼 역증나는 게 또 있을까.
보기 싫어도 봐야 하고
읽기 싫어도 읽어야 하는 인간들.

글쓰기는 갈등의 산물이다.

미사여구나 쓰고 있기엔 삶이(내 피가) 한가롭지 않다.
때때로 (글을) '쓰지' 말고 (총을) '쏘고' 싶어 온몸이 근질근질거린다.
문신 새기듯 쓴 글을 문신 파듯 읽는다.
인류 역사는 '계급 투쟁(피투성이)의 역사'이기도 하지만 '미의식의 역사'이기도 하다.

8월 28일 토

　지나간 날들은 손쓸 수 없다. 그래서 고통스럽다. 지나갔기에 고통에서 놓여나기도 한다. 지나갈 날들은 아직 오지 않았기에 역시 손쓸 수 없다. 그렇다고 지금 이 순간 역시 내 맘처럼 좌지우지할 수 있는 게 아니다. 그렇다면 인생은? 손쓸 수 없는 것들의 무덤이다.

오늘 한 사람을 강물에 뿌렸다.
재가 된 유골은 바람을 만나
사라지는 순간까지
생의 뜨거움을 잃지 않고 있었다.
나는 그 뜨거움 위에다
살아있는 눈물 몇 점을 보탰다.
눈물은 산 자의 몫이고
유골은 바람의 몫이다.
바람은 산 자의 눈물을 거둬
죽은 자의 먼지 속으로 데려가리라.
사월의 강바람은 세차서
아직 깊게 뿌리 내리지 못한 풀들의
목덜미를 뽑을 기세였다.
돌이킬 수 없는 것들이여, 부디 삶이 되거라.
이런 나의 헛된 바람과는 달리
저 부는 바람은 생사 그 어디에도
치우치지 않으리라.

9월 2일 목

태풍 곤파스가 한국의 허리를 관통해 동해로 빠져나갔다. 강풍으로 수십 년생 나무들이 뿌리째 뽑혔고 피해가 속출했다.

『네루다 시선』(김현균 역)에 실린 시 가운데, 『질문의 책』이란 시집에서 골라놓은 2편의 시(「3」「44」)를 읽고 뒤로 넘어갈 뻔했다. 네루다는 네루다야!

「3」

내게 말해줘, 장미꽃은 벌거벗은 거야
아니면 옷이 그것밖에 없는 거야?

왜 나무들은
뿌리의 눈부신 광채를 숨기는 걸까?

누가 죄지은 자동차의
넋두리를 들어주나?

세상에 움직이지 못하고 빗속에 서 있는
기차보다 더 슬픈 게 있을까?

「44」

한때 나였던 소년은 어디에 있을까.
계속 내 안에 남아 있나, 아니면 떠나버렸나?

난 결코 그를 좋아하지 않았고
그 역시 나를 좋아하지 않았다는 걸 아니?

이렇게 헤어지고 말 것을 왜 우린
그 오랜 세월 함께 성장하며 보냈을까?

나의 유년 시절이 스러져갔을 때
왜 우리 둘은 죽지 않았을까?

2010年
가
을

그 영혼은 내게서 떠나갔는데
왜 해골은 나를 뒤쫓아 오는 걸까?

9월 17일 금

　지금까지 내가 낸 시집 4권에 실린 시들을 다시 편집한다면 절반은 쓰레기통으로 들어갈 것이다. 그리고 나머지 절반은?

9월 25일 토

보들레르(1821-1867)가 살다간 나이를 지나왔고, 알베르 카뮈(1913-1960)와 김수영(1921-1968)이 살다간 나이를 밟고 서 있다.

10월 20일 수

아침 9시 30분, '국민은행 카드에서 현금 1백68만 원이 인출됐습니다. (......)'는 보이스피싱 전화가 왔다. 내겐 국민은행 카드가 없다. 내 유일한 ××은행 통장의 잔고는 이번 달 들어 바닥(만 원 이하)을 쳤다.

10월 26일 화

　첫 추위가 북쪽에서 왔다. 나는 동쪽으로 가는 중앙선, 영동선, 태백선 기차를 생각했다. 하늘이 유리 같았다. 잣나무 세세한 잎이 빗방울 치듯 쏟아져 내렸다. 칼바람 맞으며 오빈리 들판을 쏘다녔다. 논둑길에 외따로 서 있는 은행나무는 더 이상 노란색이 비집고 들어갈 틈 없이 노랗게 물들었다. 황홀한 하루였다.

술이 겁난다. 아예 술이 무섭다. 그 무서운 술을 과도하게 마시면 겁나고 무서운 게 없어진다. 졸지에 초강대국이 된다. 한순간에 겁대가리를 상실하고 미친 개가 될 수도 있다. 술의 힘이다. 척추에 붙어있는 배와 등의 차이처럼 성인군자와 미친 개는 한 끗 차이다. 2주째 술 한 방울 입에 대지 않고 있다. 그럭저럭 지낼 만하더니 아예 기분이 좋아지기까지 한다. 자주는 아니지만 그동안 한 번 마셨다 하면 너무 마셨다.

어제는 오전, 오후 두 번 함박눈이 왔다. 지난밤에는 춘천의 지인들이 "눈 내린 밤에 어떻게 술도 안 먹고 그렇게 조용히 눈 내린 밤처럼 지내냐"며 전화를 했다. "술이 겁나고 아예 무섭기까지 하다" 했더니 "오호, 별일이 다 있네요. 거참" 큭큭거리며 웃는다. 나를 약 올리고 싶으면 술자리에서 언제든 전화하라 했다. 전화 받고 술생각이 올라왔다. 하지만 나는 오늘 밤 눈 내린 조용한 밤처럼 있기로 했다.

12월 20일 월

　여러 날에 걸쳐 조지 오웰의 에세이 선집 『나는 왜 쓰는가』(이한중 옮김)를 다 읽었다. 두 가지 감정이 북받쳤다. 하나는, 조지 오웰이 이렇게 글을 잘 썼느냐는 것이고, 또 하나는 왜 이런 글을 이제야 읽게 되었느냐는 것이다. 그의 출세작 『동물농장』 『1984』조차 거들떠보지 않았으니 그럴 수밖에. 아래와 같은 문장을 읽으며 어, 어 하다 홀딱 반했다.

　　그들 사이엔 대화라고 할 만한 게 없다. 우선 배가 고프기 때문에 영혼 문제를 생각할 여유가 없는 것이다. 세상은 그들에게 너무 거창한 주제. 다음 끼니가 확실한 경우가 거의 없기 때문에 생각할 수 있는 건 다음 끼니뿐이다.

　　　　　　　　　　　　　　　　　　　　　　　　　—「스파이크」 중에서

　　교수대까지는 40야드 정도가 남았다. 나는 바로 앞에 걸어가는 죄수의 갈색 등을 지켜보았다. 그는 팔이 묶여 있어 어색하긴 했으나 저벅저벅 잘 걸었다. 절대 무릎을 펴지 않고 까닥까닥 걷는 인도인 특유의 걸음이었다. 걸을 때마다 근육이 매끈하게 제자리로 미끄러졌고, 두피에 바싹 붙어있는 짧은 머리털이 아래위로 춤을 추었고, 젖은 자갈땅엔 맨발 자국이 절로 생겨나듯 찍혔다. 그리고 한 번, 어깨를 한쪽씩 붙든 사람들이 있는데도, 그는 도중에 있는 물웅덩이를 피하느라 살짝 옆으로 비켜갔다.

이상한 일이지만, 바로 그 순간까지 나는 건강하고 의식 있는 사람의 목숨을 끊어버린다는 게 어떤 의미인지 전혀 알지 못하고 있었다. 그러다 죄수가 웅덩이를 피하느라 몸을 비키는 것을 보는 순간, 한창 물이 오른 생명의 숨줄을 뚝 끊어버리는 일의 불가사의함을, 말할 수 없는 부당함을 알아본 것이었다. 그는 죽어가는 사람이 아니었다. 우리가 살아 있듯 멀쩡히 살아 있는 사람이었다. 그의 모든 신체기관은 미련스러우면서도 장엄하게 살아 움직이고 있었다―내장은 음식물을 소화하고, 피부는 재생하고, 손톱은 자라고, 조직은 계속 생성되고 있었던 것이다. 그가 교수대 발판에 설 때에도, 10분의 1초 만에 허공을 가르며 아래도 쑥 떨어질 때에도, 그의 손톱은 자라나고 있을 터였다.

―「교수형」 중에서

　　나치의 프랑스 점령 때 관찰되었던 특징 하나는 지식인들(정치계의 좌파 지식인을 포함하여) 중에 변절자가 놀라울 정도로 많았다는 점이다. 지식인은 파시즘에 반대하는 목소리를 가장 크게 내는 사람들이지만, 상황이 절박해지면 상당수가 좌절하여 패배주의에 빠진다.

―「스페인내전을 돌이켜본다」 중에서

　　생각이 언어를 타락시키다면, 언어 또한 생각을 타락시킬 수 있다.

―「정치와 영어」 중에서

어떤 책이든 정치적 편향으로부터 진정으로 자유로울 수 없다. 예술은
정치와 무관해야 한다는 의견 자체가 정치적 태도인 것이다.

—「나는 왜 쓰는가」 중에서

지난 10년을 통틀어 내가 가장 하고 싶었던 것은 정치적인 글쓰기를 예
술로 만드는 일이었다.

—「나는 왜 쓰는가」 중에서

2010年

겨
울

045

12월 23일 목

2007년 7월에 구입해 띄엄띄엄 조금씩 읽던 권정생 산문집 『우리들의 하느님』을 다 읽었다. 선생의 글은 어디를 펼쳐도 알아먹지 못할 말이 없었고, 그렇다고 쉽게 내뱉은 말 또한 찾기 어려웠다. 둔도에 얻어맞는 충격 속에 읽었다.

한 대목만 인용해보자.

인간다운 삶은 종교 안에 있는 것이 아니다. 기독교가 있기 전에, 모든 인간에게 하느님이 있었고 신심信心이 있었다. 기독교의 어머니는 유대교였고 유대교의 어머니는 인간이었다. 하느님은 그 인간의 마음속에 있었지 외부에서 숭배 받는 우상이 아니었다.

—권정생, 「종교의 어머니」 중에서

하느님, 예수 왜곡해 팔아먹는 장사치들(종교인/목사)은 이 글 앞에 와 다 무릎을 꿇어라. 자비 운운하며 ("강물은 이미 바다로 흘러갔습니다" 같은) 부처 팔아먹는 중놈들도 여기 와 다 무릎 꿇어라.

*

남의 집 현관문을 두드리면 사람이 나올 때까지 기다려야 하는 건 기본 상식인데, 현관문부터 열고 들어오려는 몰상식한(무단 가택침입) 연놈들이 한둘이 아니다. 그래서 시골이지만 늘 현관문을 걸어놓고 지내려는 것도 그 때문이다. 오전 9시경 007가방을 든 한 녀석이 우리집으로 들어오더니 아니나 다를까 현관문을 노크하자마자 손잡이를 돌려 들어오려 했다. 그걸 거실에서 지켜봤다. 기분이 나빠진 내가 얼음 송곳 표정을 지으며 문을 열었더니 사내가 움찔한다. 양평 시내 모 교회에서 양말을 팔러 왔단다. 바로 손사래 쳤더니 조용히 꺼졌다. 요즘은 007가방에다 양말을 넣고 팔러 다니는 모양이지. 교회, 절 사칭하는 도둑 연놈들이 어디 한둘인가. 에이, 똥파리들.

*

　'해상 투기를 규제하는 런던협약 가입국 26개국 가운데 한국은 유일하게 바다에 쓰레기를 버린다.' 어떤 걸? 하수 슬러지(찌꺼기), 가축 분뇨, 음식물 쓰레기들. 그래서 일전에 포항 영덕에서 슬러지가 끼어있는 홍게가 잡히곤 했다. 이게 우리가 사는 세상이냐 싶지만, 이게 우리가 사는 세상이다.

쓰레기는 인간의 자식이다. 아무리 잘 갖다버려도 결국 지구 안이다. 근본 해결책이 뭐냐? 답이 있냐?

*

나는 인간이 되려면 멀어도 아직 한참 멀었다.

2010年 일기에 언급한 작품들

윤동주, 「무서운 시간」『하늘과 바람과 별과 詩』, 미래사, 2002
두보, 「곡강曲江」
후지와라 신야, 『동양기행 1·2』 김욱 옮김, 청어람미디어, 2008
후지와라 신야, 『황천의 개』 김욱 옮김, 청어람미디어, 2009
후지와라 신야, 『아메리카 기행』 김욱 옮김, 청어람미디어, 2010
이순신, 『난중일기』 노승석 옮김, 동아일보사, 2008
파블로 네루다, 『네루다 시선』 김현균 옮김, 지식을만드는지식, 2010
조지 오웰, 『동물 농장』 도정일 옮김, 민음사, 2010
조지 오웰, 『1984』 정회성 옮김, 민음사, 2010
조지 오웰, 「스파이크」 「교수형」 「스페인내전을 돌이켜본다」 「정치와 영어」 「나는 왜 쓰는가」
『나는 왜 쓰는가』 이한중 옮김, 한겨레출판, 2010
권정생, 「종교의 어머니」 『우리들의 하느님』, 녹색평론사, 2007

내가 거미는 아니지만

도시 아파트에서 생활하다 시골 단독 주택으로 이사 와 산 지 십년이 넘는다. 그 바람에 바퀴벌레와는 멀어졌지만 그 대신 여러 종류의 벌레들과 동거 아닌 동거를 하며 지낸다. 그중에는 지네 비스무리하게 생긴 그리마(돈벌레)라고 하는 벌레가 자주 눈에 띄는데, 그것들이 나타나기라도 하면 딸아이는 비명을 지르며 즉각 호출을 한다. 이부자리 위를 기어 다니기도 하니 아내 역시 기분이 좋을 리 없다. 그렇다고 나는 별다르겠는가. '새끼 칠 터이니' 보이는 족족 파리 모기 잡아 없애듯 없앤다. 난데없이 날아든 말벌은 또 어떤가. 창문 밖으로 날아가도록 기다리기도 하나 성가실 땐 파리채로 잡아 변기에 넣어버리곤 한다. 그 벌레들 중에 유독 측은지심을 불러일으키는 종이 있으니 거미다. 그건 개미가 아니라 거미다. 거미는 우선 사람을 성가시게 하지 않는다. 물거나 덤비지도 않을뿐더러 기척이라도 나면 얼른 알아서 피하기도 해서 더 그럴 것이다. 어미나 애비 뻘 되는 큰 거미를 종이로 받아 현관 문 밖으로 내놓은 적이 여러 번이다. 하루는 종이 위에 받는 것이 쉽지도 않고 그것보다 귀찮기도 해서 눈에 띈 작은 거미 하나를 휴지로 꾹 눌러 변기에 갖다 넣었더니 얼마 안 있어 그 형제자매 뻘일 작은 거미 한 마리가 다시 보이기에 역시 휴지로 꾹 눌러 변기에 갖다 넣었다.

거미새끼 하나 방바닥에 나린 것을 나는 아모 생각 없이 문밖으로 쓸어버린다

차디찬 밤이다

어니젠가 새끼거미 쓸려나간 곳에 큰거미가 왔다
나는 가슴이 짜릿한다
나는 또 큰거미를 쓸어 문밖으로 버리며
찬 밖이라도 새끼 있는 데로 가라고 하며 서러워한다

이렇게 해서 아린 가슴이 싹기도 전이다
어데서 좁쌀알만한 알에서 가제 깨인 듯한 발이 채 서지도 못한 무척
적은 새끼거미가 이번엔 큰거미 없어진 곳으로 와서 아물거린다
나는 가슴이 메이는 듯하다
내 손에 오르기라도 하라고 나는 손을 내어미나 분명히 울고불고할 이
작은 것은 나를 무서우이 달어나버리며 나를 서럽게 한다
나는 이 작은 것을 고이 보드러운 종이에 받어 또 문밖으로 버리며
이것의 엄마와 누나나 형이 가까이 이것의 걱정을 하며 있다가 쉬이
만나기나 했으면 좋으련만 하고 슬퍼한다

—백석, 「수라修羅」 전문

* 어니젠가: '언젠가'의 평안 방언.
* 싹다: 삭다. 긴장이나 화가 풀려 마음이 가라앉았다.
* 가제: '막' '방금'의 평안 방언.

1980년대 후반에 백석 시를 처음 접했을 땐 무슨 이유에서인지 별 매력을 못 느꼈다. 그러던 것이 2000년을 기점으로 선호하기 시작해 이제는 그의 시집을 함부로 꺼내 펼치기 주저하는 지경이 되고 말았다. 워낙 흡입력이 강해 읽는 족족 그가 구현해 놓은 시의 나라로 곧장 따라갈 것만 같아서다. 모름지기 내가 시를 쓰는 독자인 한, 좋은 시는 시인으로 하여금 '나는 왜 이런 시를 못 쓰지'라거나 '언제 저런 시를 한 번 써보나' 같은 질투를 불러일으킨다. 하지만 정말 뛰어난 시는 질투의 감정까지 무너뜨리고 독자를 자신의 시 속으로 유인해 데려가 살게 하거나 살고 싶어 하게 만든다. 요즘은 웬만한 건 널린 세상이다 보니, 결핍의 미덕보다 과잉의 불미不美가 더 판치는 세상이 되고 말았다. 시인도 많고 세상에 나오는 시도 많아서 웬만큼 부지런하지 않고선 감당이 안 된다. 그런 사태를 꼭 나쁘다고 할 수는 없겠으나 '뭐 이런 낭비가 다 있나' 싶게 부정적인 심사가 드는 것도 사실이고, 그러다 보니 내 자신부터 언어 낭비를 삼가야겠다 마음을 다잡지만 쉽지 않다. 타인의 마음을 움직이는 오래가는 말이 문학일 것이다. 내가 쓴 글을 내가 감동하지 않는데 타인이 동(감동)하기를 바라는 건 신통찮은 물건을 내놓고 높은 값을 받겠다는 심보와 다르다 할 수 없을 것이다. 남을 움직이려면 우선 나 자신부터 움직여야 하고, 그러려면 자신을 몽땅 걸어야 한다.

　　한 편의 시가 인간을 숙연케 한다. 그 시에는 고도의 비유도, 화려

한 언어유희도, 지적인 허세도, 말장난도, 새로움과 실험 의식에 대한 조급함 같은 것도 없다. 언젠가부터 우리 주위를 주름잡던 문명, 생태, 환경, 웰빙 같은 거창한 말들과도 떨어져 있다. 「수라」를 읽고선 그와 같은 말들이 허망해 보였다. 생명 운운하지만 인간처럼 비생명적이고 반생명적인 동물이 지구에 또 있을까. 인간뿐만이 아니라 온갖 생물이 자기 몸이 아닌 걸 취하면서 생을 영위한다. 그러니 인간이 저 스스로 인간일 수 있겠는가. '내가 지금껏 먹은 것이 나'라는 말은 빈말이 아니며 내가 지금껏 본 것, 느낀 것, 숨 쉰 것, 평소 생각하는 것, 내가 한(사랑한/미워한) 것이 나일 것이다. 시인의 마음이 그럴 것이고 시의 마음이 또 그럴 것이다. '거미나 벌 한 마리가 없어진다고 이 세계가 어떻게 되겠는가'란 질문은 인간이라고 피해 갈 수는 없다. 백석은 거미라는 미물을 통해 거미뿐 아니라 인간의 존엄을 말하는데, 그 존엄은 나 아닌 것들의 천지와 처지가 나와 무관하지 않다는 것을 받아들이는 데까지 뻗어있다. 살려달라고 내미는 손을 뿌리치지 않으려면 내 손아귀에 움켜쥔 것이 없어야 손을 내밀기라도 할 것이다. 이산의 공포와 독거의 공포가 인간 만의 문제일까. 내가 거미는 아니지만 저 거미의 신세와 처지가 별세계의 사정이라 말할 수 있는 권리가 우리들에겐 없다. 백석의 「수라」는 내가 인간인 것을 부끄럽게 하고 시인인 것을 또 부끄럽게 한다.

2011년

그녀는 '앞에서'가 아니라
'옆에서' 죽고 싶어했다

1월 4일 화

　미국 인디언 멸망사 『나를 운디드니에 묻어주오』(디 브라운 저)를 읽었다. 이 책 표지를 넘기면 '강원일보 신춘 상금으로'라는 서명이 나온다. 1989년 '강원일보 신춘문예'에 당선하고, 그 상금의 일부로 여러 권의 책을 구입했는데 그중 한 권이다. '강원일보 신춘문예 상금으로'를 '강원일보 신춘 상금으로' 쓴 것도 지금 보니 우습다. 책의 앞부분 몇 장 읽다 처박아 둔 것을 이제야 (20년 만에) 정독했으니 '나'라고 하는 인간도 참 어지간하다. 미국을 알고 싶으면 꼭 읽어야 할 책이다. 내 아내가 읽어야 할 책이고 내 자식이 읽어야 할 책이다. 내 형제와 그 아이들이 읽어야 하고 내 친구와 그 자식들이 봐야 할 책이다. 이 책은 내 심장에 보관해야 할 책이다.

2011年
겨
울

1월 17일 월

감상적인 문학소녀들의 생리통. 그걸 팔아먹는 약국들.

*

용산 참사 때 죽은 남편을 장례 치르고 남은 여인의 말이 오래 남았다.

"잡념이 일어나지 않게 몸을 혹사시켜야겠다."

2월 2일 수

어제, 설 쇠러 강릉으로 왔다.

밤바다 파도소리 들으며 해변에서 마시는 좌판기 커피 한 잔
의 부유함.

2월 4일 금

　강릉중앙시장에 들러 홍게, 가리비, 생미역 구입해 대관령을 넘었다. 나는 미역을 사랑하는 남자. 3박 4일 동안 초고추장에 찍어 생미역 실컷 먹었다. 물리지 않고 질리지 않는 자연산 생미역의 맛이 거기 있었다. 티브이에서 설 특선 앙코르《지구사진작가 얀의 홈(HOME)》제1편, 2편을 어제 오늘 이틀에 걸쳐 봤다. 지구 상공에서 지상(지표면)을 내려다보는 숨막힘이 거기 있었는데, 그 숨막힘은 우리가 살고 있는 지구가 너무 아름다운 곳이어서 그렇고, 그 아름다운 곳이 지옥이기도 해서 그렇다. 너무 가까이 있어도 안 보이고, 너무 멀리 있어도 안 보이는 환경적, 인종적, 경제적, 사회적 불평등이 거기에 있다.

2월 8일 화

　화가 일어나면 순식간에 걷잡을 수 없이 번지려 한다. 내가 그 옛날 어떤 황제의 위치에 있다면 국가 하나쯤은 태워 먹겠구나 싶다. 인간이 '이성적인 동물'이라느니 '이성의 감성'이 어떻다느니 하는 먹물들의 소리가 기계음이 된 지 오래다. 인간은 지극히/극히 감정적인 동물이다.

2011年
겨
울

2월 9일 수

　김창완 밴드의 〈열두 살은 열두 살을 살고 열여섯은 열여섯을 살지〉를 들었다. 김창완의 매력이 뭘까. 부드러운 카리스마? 김창완을 보고 있으면 '왜들 그리 아등바등 남 잡아먹지 못해 안달하며 사니?' 그러는 것 같아 씩 웃음이 나오고 덩달아 기분도 좋아진다.

　"기타로 오토바이를 타자"
　"오토바이로 기타를 타자"

　노래 부를 줄 모르는 인간보다 노래 들을 줄 모르는 인간이 더 불행하다. 사고 싶은 CD가 수두룩한데 통장 잔고가 바닥이다.

2월 12일 토

　지난밤 강릉에 80센티미터, 동해에 1미터의 폭설이 쏟아졌다. 7번국도 삼척-울진 구간이 마비됐다. 눈 때문에 고생한(하는) 사람들에게 미안한 말이지만 눈 구경 하고 싶어 몸이 근질거린 하루였다. 강릉으로 가는 중앙선-태백선 기차를 생각하며 지냈다. 내가 누군가. 폭설의 고장 출신 아닌가. 폭설에 지배당하는 밤과 마을과 바다와 인간의 마음이 무언지 헤아리는 사람이다. 아내와 딸에게 "어젯밤 강릉 일대에 눈이 1미터나 왔어!" 서너 번 힘 주어 말해도 '그게 나랑 무슨 상관이에요!' 그런 뚱한 표정이어서 내가 머쓱했다.

　내 인생에서는 지금까지 기억할 만한 두 번의 큰 눈이 있었다. 두 번 다 강릉에서였다. 1978년 12월, 고등학교 입학시험 전날 강릉 일대는 폭설로 뒤덮였다. 강설량 90센티미터. 그날 밤 두절된 7번국도 20여킬로미터를 주문진에서부터 걸어 나와 시험을 치른 중학생이 있었다. 1990년 1월 하순의 어느 날은 소나기눈이 쏟아지고 또 쏟아져 내렸다. 단 한 대의 차도 다닐 수 없는 상태가 되자 사람들이 강릉 시내를 관통하는 도로 위를 대로행했다. 그밤 눈의 무게를 못 견딘 강릉 신영극장 지붕이 무너져내렸다. 강설량 138센티미터.

2월 13일 일

1

영동지방에 내린 폭설이 잠자고 있던 '눈'에 대한 '감각'을 일
으켜 세웠다. 페터 회의『눈에 대한 스밀라의 감각』(정영목 옮김)
을 읽은 건 1990년대 후반이었다. (이 책은 곧 절판되고 10년 후
모 출판사에서『스밀라의 눈에 대한 감각』이란 제목으로 재출간
돼 상당한 호응을 받았다.) 당시 이 북유럽 작가의 글에 묘한 매
력을 느꼈던 것으로 기억한다. 특히 '눈'과 '바다'와 '얼음'에 대한
그의 직관과 통찰력은 색다르고 남다른 것이었다. 책을 꺼내 밑
줄 친 문장들을 다시 읽었다. 그중,

그린란드에서 물에 빠진 사람은 다시 떠오르지 않는다. 바다의 수온은
사 도 이상 올라가지 않으며, 그 온도에서는 모든 부패 과정이 정지한다. 그
래서 이곳에서는 익사자의 위 속의 내용물의 발효가 일어나지 않는 것이다.
반면 덴마크에서는 익사자의 위 속의 내용물이 발효하기 때문에, 죽은 사람
은 새롭게 부력을 얻어 수면에 떠오르고, 또 파도에 쓸려 해안까지 오는 것
이다.

나는 완벽한 사람이 아니다. 나는 사랑보다 눈과 얼음을 더 높게 친다. 같

은 인간에게 애정을 가지는 것보다 수학에 관심을 가지는 것이 내게는 훨씬 편하다.

가장 위험한 눈사태는 가루눈의 눈사태다. 그 눈사태는 큰 소리와 같은 아주 작은 에너지 변화만으로도 시작될 수 있다. 이 눈사태는 질량은 아주 작지만, 시속 이백 킬로미터로 움직이며, 그 뒤에는 치명적인 진공 상태가 남는다. 가루눈 눈사태 때문에 몸에서 허파가 빨려 나간 사람들도 있다.

남자의 나이는 판단하기 어렵다. 엘사 뤼빙의 말을 종합하면, 그는 일흔이 넘었을 것이 틀림없다. 그러나 그는 운동선수처럼 건강해 보인다. 마치 매일 아침 집 앞의 해변을 가로질러 바다까지 걸어가, 거기서 얼음에 톱질을 하여 구멍을 내고 안에 몸을 담갔다가, 집까지 달려 돌아와서 검투사들처럼 탈지우유와 함께 뮤즐리를 먹는가보다.

뜨거운 물은 마음을 달래준다. 빙하가 녹은 물로 된, 우유처럼 하얀색의 목욕물과 함께 자란 나이기 때문에 뜨거운 물에는 중독이 되었다. 이것은 내가 인정하는 극소수의 의존물 가운데 하나다. 이따금씩 커피를 마시고 싶다는 욕구를 느끼는 것이나, 얼음 위에 해가 비치는 것을 보고 싶다는 욕구처럼.

—페터 회, 「눈에 대한 스밀라의 감각」 중에서

2

「눈에 대한 스밀라의 감각」과「스밀라의 눈에 대한 감각」은 제목부터 다르다.「7번국도에 대한 용하의 감각」과「용하의 7번국도에 관한 감각」이 다르듯이. 그렇다면 뭐가 어떻게 다른 걸까. 머리 속의 상상에만 의존해서는 불가능한, 피와 뼈와 살로 겪지 않으면 구현할 수 없는 글이 있다.

2월 15일 화

　어제 동해에 30센티미터의 폭설이 또 쏟아졌다. 날씨 맑음. 이런 날 설경을 봐야 한다. 내일이면 내가 생각하고 원하는 설경은 아닐 것이다. 봄방학 중이어서 늦잠 자려던 규은이 깨워 부랴부랴 양평역으로 갔다. 좌석 매진. 낭패다 싶은데 원주까지 입석으로 가고, 원주서 강릉까지 좌석으로 가는 방법이 있었다. 강릉에서 영동고속도로를 타고 원주로 와 다시 기차 타고 양평으로 왔다. 당일치기 기차여행.

　백두대간 굽이굽이 첩첩 설경은 깊고 장엄했으며 겨울 동해는 만경창파였다. 그러나 내가 지닌 세속의 감정은 쉽사리 떨어지지 않았다. 나는 무심하고 태연한 인간이 아니었다. 내가 인간인 이상 어디를 가든 속세의 희로애락과 생로병사를 벗어던질 수는 없을 것이다.

2월 25일 금

봄바람이 세게 불었다. 해마다 이맘때쯤이면 심란하고 산만했다. 저 젊었던 봄날의 봄밤을 견디지 못해 내 얼마나 헤매었던가. 추위가 물러가는 2월 하순부터 새 학기와 겹치던 3월은 일 년 중 가장 쓸쓸하고 스산했다.

2월 26일 토

규은이와 함께 서울 나들이. 《장욱진 20주기》(갤러리 현대)와 《피카소와 모던아트》(덕수궁 미술관)전을 보고 왔다. 장욱진의 '덕소 시절' 작품에 마음이 동했다. 《피카소와 모던아트》전은 오스트리아 빈의 《알베르티나 미술관 컬렉션》전이었다. 에드바르 뭉크, 파블로 피카소, 에른스트 루트비히 키르히너, 오스카 코코슈카 등 여러 화가들이 있었지만 에밀 놀데(독일, 1867-1956)의 〈달빛이 흐르는 밤〉이 나를 오래 붙들었다. 에밀 놀데는 서경식의 『고뇌의 원근법』을 통해 알고 있던 화가여서 더 반가웠다. 그의 풍경화는 무시무시한 삶의 힘이 느껴진다. 진정한 풍경화는 인간 내면 풍경(심리)을 그린 '인간화'(인물화)일 수밖에 없을 것이다.

2011年

겨

울

3월 4일 금

  '괴물과 싸우면서 괴물을 닮아서는 안 된다'고 했다. 무슨 소리? 괴물과 싸우려면 괴물을 닮기도 해야 하고, 싸워서 제압하려면 괴물보다 더한 괴물이 되기도 해야 한다. 그래야 괴물이 함부로 굴지 않는다.

3월 9일 수

하루종일 봄바람 세게 불어와 더 세게 불어갔다. 그 바람 속에 함성호 시집 『키르티무카』 왔다. 시집 표지를 넘기니 눈에 익은 글씨가 들어온다. 자! 자! 각자 마시자구!

잘 지내니?
네 번째 시집이 나와서
보낸다. 같이 잔을 기울인 지도
꽤 되는구나. 따로 떨어져 서로
계속 마시자.

3월 15일 화

　다시 꽃샘추위가 오고 있었다. 오후 들어 강풍이 불었다. 나무들이 바람에 의지해 중심을 잡고 있었다. 봄바람을 견디는 유리창이여, 덜컹거리는 마음이여. 너를 견디지 못해 봄밤을 쏘다녔던 그 옛날의 내가 아니다. 그러나 오늘 저 바람은 마음 붙들지 못하던 그 시절로 나를 데려가는 듯하다. 지난 시절 여러 사람들에게 상처를 줬다. 나도 받았다. 인간은 어쩔 수 없이 남에게 준 상처보다 자신이 받은 상처에 더 후한 점수를 매긴다. 삶이 계속되는 한 상처로부터 영영 도망갈 수는 없으리라. 그림자를 끌고 가듯 상처를 끌고 가리라.

3월 21일 월

　등단 초기엔 시 작품을 여러 편 갖고 있었기에 원고 청탁 오는 족족 응할 수 있었다. 그러나 얼마 안 가 바닥이 났고 작품이 없는 상태에서도 원고 청탁은 끊기지 않고 왔다. 인정사정없이 내쳤어야 했건만 그러지 못했다. 시간에 맞춰 들이댄 시는 뒷날 다시 보기 민망한 물건이었다. 4번째 시집 『견자』(2007년)를 내고 지난해까지 발표한 시가 총 8편이지 싶다. 아예 청탁이 없었던 해도 있었다. 함량 미달의 글을 발표할 바엔 안 하는 게 낫겠다 싶어 서너 군데의 원고 청탁을 "원고 없습니다" 한 마디로 응답했다. 이런 저런 이유로 글 쓰는 사람에게 오는 원고 청탁을 거절하기란 결코 쉬운 일이 아니다. 그래도 거절해야 할 땐 거절해야 한다. '거절의 미학'은 '자존의 미학'이다.

2011年

봄

3월 22일 화

강릉에 사는 친구 J가 한 잔 걸치고 늦은 밤 전화했다. 가까운 시일에 눈송이 하나 하나 껴안듯 만나잔다. 오늘 강릉에 10센티미터가 넘는 봄눈이 내려 '눈 속에 파묻힌 홍매화 눈동자'를 티브이로 볼 수 있었다. 지난주 금요일 밤 자정 너머 전화벨이 50번 넘게 울리다 끊겼다. 일어나 전화 안 받는 나도 그렇지만 그렇게 전화하는 인간도 어지간하다. 그 다음 날 밤 2시쯤에도 열 번 넘게 전화벨이 울리다 끊겼다. 밤 늦은 시간에도 내가 책상 앞에 앉아 있을 땐, 전화벨이 두 번 울리기 전에 받는 걸 알고 전화하던 사람들이 있었다. 그것도 꽤 지난 일. 이런 얘기 주고받으며 "그게 너였냐" 했더니 아니란다. 그러면서 하는 말. "그게 다 니가 핸드폰이 없는 죄 아니겠니!"

4월 30일 토

　사월이 가기 전에 영嶺을 넘겠다고 했습니다. 섭섭타는 메일이 왔습니다. 그래서 이곳의 말을 몇 자 적습니다. 저희집 입구(대문이 없지요)에는 어른 키를 넘는 주목 두 그루가 문지기처럼 서 있고, 정원 가운데에도 그만한 크기의 주목이 자리를 지키고 있습니다. 이 세 그루 모두 수형이 아주 좋지요. 한마디로 잘 빠졌습니다. 그리고 일일이 세어보지는 않았지만 어른 허벅지나 배꼽쯤 되는 높이의 수십 그루 주목이 또 그만한 높이의 철쭉과 옹기종기 서로의 얼굴을 빛내고 있습니다. 이 낯빛이 아침 다르고 저녁 다른 계절이니 단 하루도 놓칠까 봐 다음에 영을 넘겠다고 하면 핑계가 되는지요. 혹, 주목에 새 연두잎 올라오는 것 보셨나요. 그건 '잎'이 아니라 숫제 '꽃'이지요. '연두꽃' 말이에요. '잎이 번진다'고 말하는 사람도 있을 테지만 그건 제 기질이나 정서와는 거리가 있는 말입니다. 주목뿐이겠습니까. 잎과 꽃은 '피는' 게 아니고 '터지는' 것이지요. 더 세게 말하면 '폭발하는' 것이지요. 잎을 꽃이라 여기며 꽃보다 잎을 더 좋아한 시절이 지난 일만은 아닌 것이지요. 무슨 말이 더 필요하겠습니까.

부드럽게 연두색 이파리들이 허공에 연착륙할 때,
호숫가 물안개 새벽을 이륙할 때,
집은 적막을 뒤집어쓰고 엎드려 있을 때,
대기는 얼마나 침착하게 無를 따랐던가.

5월 3일 화

비극의 시초 :

①본다.
②인간의 눈으로 이 세계를 본다.
③미국의 눈으로 이 세계를 본다.
④미국의 눈으로 이 세계를 보면 세계(미국 바깥)가 보이지 않는다.
⑤그러니까 바깥이 없는 세계가 미국이다.

미국은 미국 밖의 인권에 대해 말할 자격이 없으며 지구 미래에 대해서도 마찬가지다. 미국의 눈으로 세계를 보면 미국만 보인다. 미국이 세계이기 때문이다. 미국이 미국 밖에서 자행한 온갖 악행들은 미국이 지금까지 만든 무기의 양과 질과도 무관하지 않을 것이다.

미국은 무기보관소가 아니다.
미국이 보유하고 있는 무기만큼은 가야 할 바깥이 뚜렷하다.

5월 13일 금

오빈역-서울역-옥천-정지용문학관-대전-서울역-춘천.

《2011 옥천 지용제》에 초청시인으로 갔는데 생각지도 않은 일이 벌어졌다. 천안 신당고등학교 2학년 3반 학생들이 담임선생님(문학 담당)과 현장 체험 학습을 왔다. 한 시간가량 그들과 시간을 보냈다. 내 시를 읽고 쓴 엽서 한 묶음도 받았다.

밴드(철가방 프로젝트) 활동을 하던 싱어 송 라이터 김성호 형이 'Nok Woo 綠雨'란 이름으로 첫 독집 앨범《길 떠나는 날》을 냈다. 춘천에 도착했을 땐 밤 12시 30분이었고 출간 기념회 자리는 주흥과 여흥으로 농익어 있었다. 나도 녹우의 기타 반주에 맞춰 김현식의 〈추억 만들기〉를 악 소리 질러가며 불러제꼈다. 잘 놀았다.

*

옥천 구읍의 '구 우편물 취급소' 벽면에 씌어 있던 정지용의 시 구절('먼 황해가 남설거리'듯이)이 가슴에 남은 오월의 하루였다.

> 모초롬만에 날러온 소식에 반가운 마음이 울렁거리여
> 가여운 글자마다 먼 황해가 남설거리나니.
> ─정지용, 「오월소식」 중에서

5월 22일 일

　운길산 수종사에 갔다 왔다. 운길산역에서 내려 진중리 쪽으로 올라갔는데 등산객들이 북적였다. 송촌리 쪽으로 내려올 때는 나 혼자였다. 내려오는 길 한쪽에 세워져 있는 이정표에는 김춘수의 「처용」이란 시가 적혀 있었다.

　　인간들 속에서
　　인간들에 밟히며
　　잠을 깬다.
　　숲 속에서 바다가 잠을 깨듯이
　　젊고 튼튼한 상수리나무가
　　서 있는 것을 본다.
　　남의 속도 모르는 새들이
　　금빛 깃을 치고 있다.

　　　　　　　—김춘수, 「처용」 전문

2011年
봄

　흠잡을 데가 없는 시다. 그게 이 시의 흠이다. '인간들 속에서 인간들에 밟히며 잠을 깨는 자'가 시인 아닌가. 그렇다면 처용도 시인이겠지. 아서라, 시인만 그렇겠는가. 그렇게 말할 줄 몰라서 그렇지 숱한 사람들이 인간들 속에서 인간들에 밟히며 잠을 깨 리라.

6월 9일 목

　후지와라 신야의 『돌아보면 언제나 네가 있었다』(강병혁 옮김) 중 「오제에서 죽겠습니다」를 읽었다. 요시코芳子란 여인이 쓴 유서의 끝 부분을 옮겨 적는다. 그녀는 '앞에서'가 아니라 '옆에서' 죽고 싶어했다.

　　나는 오제에서 죽겠습니다.
　　아주 오래전부터 그럴 생각이었습니다.
　　이번 겨울을 넘길 수 없다는 것은 나도 알고 있습니다.
　　요지 씨와의 아름다운 추억이 깃든 곳에서 죽고 싶습니다.
　　병원 침대에서는 죽고 싶지 않아요.
　　나를 천국과 같은 오제에서,
　　그리고, 요지 씨 옆에서 죽게 해주세요.
　　제발, 마지막 저의 응석을 받아주세요.
　　그리고 내가 죽으면 꼭 좋은 사람을 만나세요.
　　그리고 그 사람의 어머니와도 사이좋게 지내세요.
　　안녕.
　　정말 오랫동안, 오랫동안 고마웠어요.
　　이렇게 감사의 마음만 가득, 가득, 넘쳐나는 나는 정말로
　　행복했어요.
　　한 번 더.
　　…고마워요.

6월 10일 금

　아침 먹고 커피 마시고 텃밭과 울타리 손봤더니 오후 3시 반.
점심 먹고 커피 마시는데 규은이가 학교 갔다 왔다. 하여간 요즘
애들의 언어 사용법이란.

　"뭐 좀 먹을라나?"

　"그닥!"

6월 30일 목

일기예보 보려고 뉴스 보는 건 아닌데, 일기예보 보려고 뉴스 본다. 그러던 게 일기예보 나오는 시간에만 티브이를 켠다. 이게 한 국가의 공중파 방송 메인 뉴스라 할 수 있을까 싶지만 여기선 그렇다. 탱크로리 넘어진 것, 엘리베이터 멈춤, 연예인 이혼 소송, 화재, 교통사고… 한 국가의 공영방송이 한 국가를 주무르고 있는 사익집단의 하수인 노릇이나 하고 있다. 불쌍하다. 누가?

7월 23일 토

　우리집 우측은 밭이고, 그 밭 옆은 마을 안 조그만 사거리며 그 모퉁이에 마을 쓰레기를 갖다 놓는데, 무단 투기(마대 10여 자루)한 쓰레기가 한 달째 방치돼 있었다. 그러다보니 잡다한 쓰레기들이 점점 더 쌓이게 되었고 우리집 쪽으로 점점 더 밀려왔다. 내 입에서 쌍욕이 튀었고 이웃 간 갈등이 생겼다. 내가 살고 있는 오빈1리 5반 주민 가구수라 해야 얼마나 되겠는가. 게다가 쓰레기를 가지런히 쌓아놓은 걸로 보아(3반 주민이나 4반 주민이 그렇게 투기했겠는가) 이 쓰레기를 무단 투기한 사람은 5반 주민이고, 그는 자신의 얼굴에 똥칠했을 뿐 아니라 5반 주민들 얼굴에도 똥칠을 했고, 나아가 오빈리 주민들 얼굴에도 똥칠을 한 셈이다. 그는 이 마을 주민 자격이 없고 이웃도 아니고 인간도 아니고 인간 쓰레기고 그런 인간 쓰레기가 가 있어야 할 곳은 쓰레기 매립장이다. 오늘 그 인간 쓰레기를 찾아냈다. 하기 싫었지만 마대 자루 안에 든 내용물 분석을 시도하다 주소가 든 봉투를 찾아냈다. 사진 촬영까지 마친 상태에서 그 집을 찾아냈더니 환갑 넘긴 여편네였다. '자기가 버린 쓰레기가 맞다'고 인정하면서도 이런 저런 변명으로 일관했다. 남녀 따질 것도 없지만, 나잇살 처먹은 계집년들이 더 먹통이고 지밖에 모르는 지저분하고 추해 빠진

2011年
여
름

083

인간들이 한 둘이 아니란 걸 한 두 번 겪은 게 아니다. '나잇살 처먹은 계집년들'이라 일반화할 게 아니라 '지저분하고 추하게 나잇살 처먹은 계집년들'이라 해야 하나.

미래가 없다.
그게 미래다.

7월 24일 일

돌.
내가 따라갔던 공중의 돌.
돌처럼 먼 너의 눈.

우리는
손이었다.
우리는 어둠을 모두 퍼내고는, 찾았다
여름을 지나온 말,
꽃.

꽃— 눈먼 자의 말.
너의 눈과 나의 눈이
물을 마련한다.

성장.
마음의 벽이 한 잎, 한 잎
떨어져 내린다.

이같은 또 한 마디의 말 그리고 종추들은
자유공간에서 흔들린다.

—파울 첼란, 「꽃」 (역자 미상)

파울 첼란의 「꽃」이란 시다. 여러 번역 중 이게 가장 맘에 든다. 내가 따라갔던 공중의 돌. 돌처럼 먼 너의 눈. 우리는 어둠을 모두 퍼내고는, 찾았다. 알 수 없는 첼란의 시. 모르고도 아는 첼란의 시. 난해시. 절박한 난해시. 그래서 끌리는 첼란의 시. 파(퍼)내도 파(퍼)내도 미지인 첼란의 시.

2011年

여
름

8월 13일 토

국토 교란이 일어나기 전에 말의 파탄이 있었고, 말의 파탄이 일어나기 전에 주어 없는 고깃덩어리들이 있었다. 그들이 활개 치도록 표를 준 또 한 무더기의 고깃덩어리들이 있었다. 그러니 우리는 죄인이다. '죄의 공동체'를 살고 있는 것이다.

8월 22일 월

詩에서 저지를 수 있는 온갖 비윤리적이고 부도덕하고 도발적인 언행과 악행을 주저하지 말 것. 실생활 속에서는 선행할 것. 그리고 입 다물 것.

*

시를 통해 인간을 파헤치고 또 파헤칠 것. 발가벗기고, 그러려면 우선 벌거벗을 것.

*

화해라는 이름의 폭력, 용서라는 이름의 폭력, 자비라는 이름의 폭력엔 화해 없고 용서 없고 무자비하게 굴 것.

2011年
여
름

9월 3일 토

　인간이 숭고하거나 존엄한 존재라는 말은 온갖 동식물 앞에서 무참한 말이다.

　인간은 독수리 먹잇감이 될 만큼 가망 없는 고깃덩어리다.

물처럼 귀한 시간을 물 쓰듯 한다. 시간은 우리의 생사를 낱낱이 샅샅이 핥고 쓰다듬건만 시간의 눈썹 한 올 건들지 못한 채 우리는 생으로 끌려나왔고 죽음으로 끌려나갈 것이다. 오늘도 상가喪家와 술집에서 "너도 곧 시간이 될 거야!" 죽음은 그리도 다정하게 속삭이건만.

9월 9일 금

계간 『ASIA』 가을호(22호)에 캄보디아 시인 사리스 피우Sarith Peou의 시 2편이 실려 있다. 그는 1962년 캄보디아에서 태어났으며 크메르루주 학살을 겪은 생존자다. 1982년 태국 난민촌으로 피신했다가 1987년 미국으로 이주했다. 살인죄로 무기징역을 선고받고 수감 생활 중 시를 쓰게 되었다.

일곱 살 때 크메르루주가 데리고 갔다.
집과 어머니로부터 빼앗아
교화농장으로 끌고 갔다.

그애는 교화농장에서 잘못을 저질렀다.
자다가 오줌을 쌌고,
밤이면 엄마를 부르며 울었고,
그날그날의 할당량도 채우지 못했다.

처벌은 다양했다. 맞기도 했고,
어두운 콘크리트 계단 밑에 갇히기도 했다.
잠을 안 재우거나,
먹을 것을 안 주기도 했다.

머리에 소똥을 져 나르도록 강요당했다.

크메르루주가 망했을 때,

그애는 정수리가 허옇게 벗어진 채 돌아왔다.

그애가 집에 왔을 때,

우리는 그애의 말을 알아들을 수 없었다.

여러 단어를 마구 섞어 하나로 만들었고,

많은 생각이 어지럽게 뒤섞여 있었다.

학교 공부도 잘하지 못했다.

일학년 과정도 마치지 못했다.

이제 그애는 쉽게 공황 상태에 빠진다.

좋은 소식을 들으면 복통을 일으키고

설사를 한다.

나쁜 소식을 들으면 발작을 일으킨다.

좋은 소식보다는 나쁜 소식에

더 잘 대처한다.

내 가족이 내가 살아 있다는 것을,

내가 미국으로 도주했다는 것을 알게 되었을 때,

라차나는 설사가 나서

입원을 해야 했다.

내가 처음 집으로 돈을 부쳤을 때에도
입원을 해야 했다.

내가 처음 캄보디아를 방문했을 때에도
입원해야 했다.

크메르루주가 망한 뒤, 이십 년이나 지난 뒤의 일이었다.

라차나를 학대한 간부의 이름은 '미'였다.
난 내 개를 미라고 부르고,
그 개를 학대했다.
죽인 다음 잡아먹었다.

몇 달 후
미는 산후합병증으로 죽었다.
난 내 저주가 먹힌 거라고 생각했다.

이제 난 내가 아무 죄도 없는 불쌍한 개에게 화풀이한 걸 죄스럽게 생각한다.

—사리스 피우, 「내 누이 라차나」 전문

강이 부풀어오르고

파도가 거세다

시체들이 하루 종일 떠내려간다.

어떤 시체들은 덤불에 걸리고

어떤 시체들은 갈대밭에 걸린다

그들의 영혼이 우리 곁에서 떠도는 걸 원치 않으므로

우리는 그것들을 밀어서 떠나 보낸다.

어떤 시체들은 서양사람처럼 키가 크고

어떤 시체들은 눈가리개가 씌워져 있고

어떤 시체들은 손이 뒤로 묶여 있고

어떤 시체들은 형체조차 불분명하다.

마을 이장은 이 시체들이

프놈펜에 남아 있던 첩자들,

혁명을 파괴하려고 획책하던 미중앙정보국 첩자들이라고 말한다.

앙커르가 그들의 계략을 알아채고

쥐새끼들처럼 숨어 있던 소굴에서

그들을 몰아냈다고 말한다.

시체 구경은 흥미진진하고

무시무시하다

시체들은 누군가의 아버지이고 형이고 누이이고 어머니이다

시체 구경을 하다 눈물이 나기도 한다.

—사리스 피우, 「시체 구경」 전문 (전승희 역)

9월 14일 수

　야구선수 최동원 지다. 금테 안경 쓰고 도도한 표정과 역동적인 투구폼으로 그라운드를 지배하던 투수. 1984년 한국시리즈 4승. 1, 3, 5, 6, 7차전 등판. 1, 3, 5, 7차전 완투. 어제 완투하고 오늘 또 던지고… 지금 프로야구와 비교하면 그는 상상을 초월하는 투수였다. 낙차 크게 떨어지는 명품 커브의 명인. 그의 커브는 아름다웠다. 그는 정면 승부하는 멋이 있었다. 타율 관리하기 위해 (타격왕 해먹으려고) 벤치에 죽치고 앉아있던 찌질이들과는 차원이 달랐다. 내가 군대 가 있던 시절이어서 몰랐는데, 선동렬 투수와 벌인 명승부가 있었다. 1987년 5월 16일 롯데-해태전(부산 사직구장)에서 두 선수 모두 연장 15회까지 완투했다. 결과는 2대 2 무승부. 최동원 투구수 209개, 선동렬 투구수 232개. 더 무슨 말이 필요하랴. 장효조도 가고 최동원도 지고. 개인적으로 그들은 나와 아무 관계도 없는 사람들이지만 그들이 이 세상 밖으로 나갔다는 게 상실감을 불러일으킨다. 이상하게 슬프다.

"촛불장난이다!"
국민작가 입에서 나온 장난이다.

"마누라하고 자식 빼고 다 바꿔라!"
그 사람은 그렇게 말해도 될 것이다.
마누라 바꾸고 남편 바꾸고 싶은 사람들 많다.
에미 애비도 바꾸고 싶은 판에.

"네 발은 좋고 두 발은 나쁘다!"
조지 오웰의 『동물농장』에 나오는 말이다.

"가장 좋은 인디언은 죽은 인디언이다!"
백인이 한 말이다.

"북한은 악의 축이다!"
역시 백인이 한 말이다.

"미국은 악의 축이고, 무기의 축이고, 테러의 축이고, 거짓말의 축이고, 환경
오염의 축이고, 육식의 축이고, 똥보의 축이고, 지구의 악성종양이고, 지구
멸망의 축이다!"

내가 한 말이다.

"유전무죄 무전유죄!"
최고의 명언은 죄수가 했다.

"주어가 없다!"
고깃덩어리 입에서 나온 말이다.

"개미의 고통은 개미의 고통이지 정부의 고통이 아니다!"
그런 말 하고도 남을 정부다.

"녹색성장, 4대강 살리기!"
국토 교란이 일어나기 전에 말의 파탄이 먼저 일어났다.

업자들의 나라다.
먹튀 업자 사대주의자들의 나라다.

사익 집단의 나라다.
어불성설의 나라다.

말이 말 같지 않았고
사람이 사람 같지 않았다.

누가 이 정부에 세금을 냈는가.
누가 이 정부에 세금 내고 뺨 맞으라고 했는가.

누가 정부를 만들었는가.
표는 어디서 왔는가.

정부가 군림하고 있다.
정부를 만든 자 위에.

정부를 손봐야 하는가.
정부를 만든 자들을 손봐야 하는가.

9월 22일 목

　서울행. 전철에 쩍벌남이 있었다. 쩍벌남 옆에 앉아 있던 젊은 남자가 "무릎 닿지 않게 해달라"는 말에 벌럭거리며 "그럴 수도 있지. 어디서 신경질 부려. 그러려면 대중교통을 이용하지 말아야지." 그러더니 "나이도 젊은 녀석이 말이야." 언성을 높였다. 우리 사회의 한 단면을 보여주는 쓸쓸한 광경. 나이 헛처먹은 것들이 꼭 어른 대접 받으려 들고 나이 타령 한다. 쩍벌남이야말로 대중교통을 이용하지 말아야 할 버러지들이다. 사기꾼들이 큰소리치고, 몰상식하고 뻔뻔한 것들이 더 설치는 사회, 부끄러움을 모르는 짐승들의 사회, 반칙사회.

　《오르세미술관전 고흐의 별밤과 화가들의 꿈》(예술의전당 한가람미술관)을 보고 왔다. 전시회 갈 때마다 느끼는 것. 전시회장이 도떼기시장 같다는 것. 아, 아닐 때도 있었구나. 김환기미술관에 갔을 때.

10월 1일 토

    오늘 같은 가을 날씨를 뭐라 해야 하나. 손가락 하나만 갖다 대도 와장장창 송두리째 부서져 산산조각날 것 같은 유리 날씨. 습도 제로의 투명 그 자체인 날씨. 언덕배기 밭에 가서 애호박, 가지, 고추 따서 배낭에 넣고 오빈리 일대를 한 바퀴 돌았다. 메뚜기 날뛰는 오빈리 벼 익은 노란 들판 한가운데 논두렁에 서서 동, 서, 남, 북을 번갈아 가며 가을 오후를 조망했다. 내 온몸은 기쁨의 옷으로 갈아입고 내 요동치는 정신을 잠시나마 어루만졌다. 나는 가을의 얼굴을 얼핏 본 것 같았다. 그런 하루. 가을만 있는 하루. 가을 천지. 내 사는 마을이 너무 이뻐 몽땅 아작아작 씹어 먹고 싶은 하루였다.

10월 2일 일

조약돌이 된 말씀
—파울 첼란

내가 예전에 시골에서도 근무한 적이 있었기에 그런 골목 풍경은 아주 생생하게 떠올릴 수 있거든. 봄이 되면 개나리, 진달래들이 화사하게 피어서 꽃길을 이루는 골목이지. 좁아도 햇살들이 넘쳐나고 벌 나비들이 가득한 그 골목길을 천진난만한 여학생이 걷다가 문득 뒤돌아보네. 그러자 멀리 골목 끝에 숫기 없는 남학생이 고개를 숙이고 서 있는 거야. 여학생이 혼잣말로 그러지. '왜 날 따라오지? 정말 이상하네. 나는 하나도 안 이쁜데…' 그렇게 둘이 꽃길 골목의 양 끝에 서 있네.

—이병욱, 「꽃길」 중에서

빛이 물드는 시월
빛이 마르는 십일월

11월 11일 금

죽으면 태운다.
수목장도 사치다.
고향 바다에 뿌린다.

11월 17일 목

지금의 추억에 살고 지금의 추억에 사라진다

—진이정, 「추억 거지」 중에서

1

진이정 시인이 세상 뜬 지 이십 년이 다 돼 간다. 1993년 11월 19일 타계. 삼십 대 초반이던 나도 오십이 다 돼 간다. '요절시인 시전집 시리즈'로 지난해 12월 그의 『나는 계집 호리는 주문을 연마하며 보냈다』가 출간된 걸 올봄에 알고선 '구해 봐야지' 하다 지난달에야 구입해 두 번 정독했다. 이 시전집엔 그간 내가 읽어보지 못했던 그의 등단작(1987년 『실천문학』) 「일터에서 온 편지」 「사슴목장에서 온 편지」 「무허가 시장」 「상도동 무당집에서」 4편도 수록돼 있다. 진이정의 등단작들은 한 개성 있는 시인의 출현을 알리는, 지금 읽어도 힘 있는 시들이며 진이정 시의 '미래'를 엿볼 수 있는 '타임 캡슐' 같은 작품들이다. 예외가 있겠지만 대부분의 시인들은 가봐야 자신의 등단작 손바닥 안에서 놀다가 만다. 그러니까 한 시인의 등단작에는 그 시인이 쓸 시의 미래가 (거의) 씌어 있다. 그가 남긴 시 70편 중 어느 시도 허투루 씌어진 게 없다. 하지만 세상 인심 고약타. 그는 살아서도 푸대접 속에 있었고 죽어서도 그렇다.

2

1990년대 초반 '21세기 전망 동인' 활동을 하면서 그와 여러 차례 어울렸다. 진이정 형은 술자리에서도 언성을 높이거나 자신을 과시하거나 과장된 제스처를 쓰거나 '문학합네' 하는 티를 내는 사람이 아니었던 걸로 기억한다. 살갑거나 다정다감한 정도는 아니었지만 적재적소에서 적어를 구사하며 알맞게 무리없이 어울렸다. 위선적이지 않았고 위악적이지 않았다. 그러고 보니 그의 본명이 박수남이었던 것도 기억난다. 그는 가죽 잠바를 즐겨 입었는데 그를 마지막으로 본 건 대학로에 있던 한 카페에서였다. 그날따라 그는 내가 권한 술잔을 아주 신경질적으로 거부했다. '이 형이 왜 이러지?' 내가 민망했고 되레 의아하게 생각했었다. 그는 그런 사람이 아니었지만 그날은 안 그랬다. 그리고 얼마 안 가 진이정은 이 세상을 놓아버렸다.

11월 20일 일

　대낮부터 김재룡 형 불쑥 전화했다.

　"3분 뒤에 니 집 앞으로 지나간다!"

　집 앞에서 얼굴 마주치자마자,

　"저수지에서 보자!"

　오빈저수지에서 다시 만나 양평 읍내까지 걸었다. 시장 골목 뒤져 생태탕, 생선구이 하는 집 찾아 거나하게 막걸리 마셨다. "막걸리 한 통 더 하자" 했더니 "됐다"며 그는 바람처럼 가고 나는 그 뒷모습을 지켜보며 늦가을 바람으로 남았다.

11월 27일 일

　최근에 새로운 사실을 알았다. 가수 조동진의 막내 동생 조동희가 솔로 앨범《비둘기》를 냈다는 것과 그가 장필순 5집 앨범에 실린 〈나의 외로움이 널 부를 때〉의 작사가였다는 것. 조동익이 이 곡의 작곡자였다는 것.

　1970년대 후반의 어느 날이었다. 라디오에서는 그때껏 들어보지 못한 어떤 가수의 낮고 묵직한 음성이 내 가슴을 파고들었다. 그 후 그의 노래는 어떻게 살아야 할지 몰라 쩔쩔매며 헤매던 내 이십 대를 적셨고, 좋아는 하지만 다가가기 힘든, 그저 멀찍이 서서 지켜볼 뿐인, 마치 가 닿아선 안 되는 연인의 느낌을 안겼다. 그가 조동진이다. 1990년대 서울 생활 땐, 세 번(학전 소극장, 연강홀, 예술의전당)이나 그의 콘서트에 갔었다. 다시 한 번 그의 신작 앨범과 그의 콘서트를 봤으면 좋겠다.

12월 29일 목

시골 단독주택서 살면 이런저런 집수리를 해야 하기에 '업자'들을 부르게 된다. 나같이 뭘 만들거나 고칠 능력이 없는 사람은 특히 더 그렇다. 상당수 '기술자'라는 사람이 일은 제대로 못 하고 폭리나 취하려 드는 함량 미달의 '먹튀 업자'란 걸 알게 되기까진 그리 많은 시간이 걸리지 않았다. 그래서 집수리를 해야 할 경우 딱히 물어볼 데도 없고, '누구한테 이 일을 맡겨야 하나' 늘 망설이고 주저하게 된다. 먹튀한테 당하면 기분이 나쁜 정도를 넘어 아주 더러워지기 때문이다. 내가 원하는 건 딴 게 아니다. 제값을 받고 제대로 일을 해달라는 것. 그런 신뢰를 바탕으로 다시 그 사람을 불러 일을 맡길 수 있게 되는 것 말고 딱히 바랄 것도 없다.

여러 달째 현관 자물쇠가 조금씩 속을 썩이더니 기어코 오늘 아침 작동 불능 상태가 되고 말았다. 양평군 지역 상공지 '상가로'를 들추니 여섯 곳의 열쇠점이 있는데, 그중 가장 크게 광고된 'XX열쇠'에 전화했더니 요란스런 음악 소리부터 들리기에 아니다 싶어 끊었다. '상가로'에 크게 광고할수록 당연히 광고료도 크다. 나머지 다섯 곳 중 이 지역 이름을 딴 '양평 열쇠'에 전화했더니 이 사람한테 맡겨도 되겠구나 싶은 목소리가 들려왔다. 아

2011年
겨
울

111

니나 다를까 자물쇠가 망가진 이유를 차근차근 설명하고 "이런 자물쇠는 굳이 비싼 걸 쓰지 않아도 된다"며 3만 원짜리로 달아 줬다. "보조키 망가진 것도 손봐야겠다" 했더니 "큰 쓸모 없다"며 "굳이 돈 들여 할 필요 없다"는 답이 왔다. "여기서 몇 년째 일합니까?" 물으니 "아버지 때부터 하고 있습니다" 한다. 내가 '양평 열쇠'에 전화한 이유를 말해 줬더니 "저도 이곳 저곳 광고했더니 광고비가 적지 않아 그만두게 됐다"고 했다.

시골서 살며 사람을 급히 불러야 할 때, 어디 물어볼 데도 없고 모르면, 여러 전화번호 중 그 지역 이름을 쓰고 있는 상호에 전화를 하는 것도 한 방법이다. 그들은 뜨내기가 아닌 것이다.

2011年 일기에 언급한 작품들

디 브라운, 『나를 운디드니에 묻어주오』 최준석 편역, 청년사, 1979

《지구 사진작가 안의 홈(HOME) 제1편, 2편》, KBS, 2011

페터 회, 『눈에 대한 스밀라의 감각』 정영목 옮김, 까치, 1996

페터 회, 『스밀라의 눈에 대한 감각』 박현주 옮김, 마음산책, 2005

김창완 밴드, 〈열두 살은 열두 살을 살고 열여섯은 열여섯을 살지〉 《The Happiest》, 로엔, 2008

산울림 13집, 〈기타로 오토바이를 타자〉 《무지개》, 지구, 1997

에밀 놀데, 〈달빛이 흐르는 밤〉, 캔버스에 유채, 69x89㎝, 빈 알베르티나미술관, 1914

서경식, 『고뇌의 원근법』 박소현 옮김, 돌베개, 2009

함성호, 『키르티무카』, 문학과지성사, 2011

박용하, 『견자』, 열림원, 2007

綠雨, 《길 떠나는 날》, 하마엔터테인먼트, 2011

김현식, 〈추억만들기〉 《김현식 VOL. 6》, 동아기획, 1991

정지용, 「오월소식」 『정지용전집 1』, 민음사, 2003

김춘수, 「처용」 『김춘수시전집』, 현대문학, 2004

후지와라 신야, 「오제에서 죽겠습니다」 『돌아보면 언제나 네가 있었다』 강병혁 옮김, 푸른숲, 2011

파울 첼란, 「꽃」 역자 미상   113

사리스 피우, 「내 누이 라차나」 「시체 구경」 『ASIA』 2011년 가을호, ASIA, 2011

파울 첼란, 『죽음의 푸가』 전영애 옮김, 민음사, 2011

이병욱, 「꽃길」 『바둑아 놀자』, 강원대학교 출판부, 2011

진이정, 「추억 거지」 「일터로 온 편지」 「사슴목장에서 온 편지」 「무허가 시장」
「상도동 무당집에서」 『나는 계집 호리는 주문을 연마하며 보냈다』, 새미, 2010

조동희, 《비둘기》, 푸른곰팡이, 2011

장필순, 〈나의 외로움이 널 부를 때〉 《장필순 5》, 킹레코드, 1997

　나는 야구를 좋아한다. 고교 때는 고교 야구에 열광했고, 이십 대 때는 프로야구에 빠져 지냈다. 젊은 날엔 길 가다 동전 넣고 배팅볼 치는 데가 보이면 치지 않고는 못 배겼다. 내가 휘두른 배트에 맞은 공이 외야 쪽으로 쭉 뻗어 나갈 때, 알코올에 절은 내 몸도 내 삶의 외야를 향해 함께 날아가고 있는 기분이었다.

　예전만큼 열광적이지는 않지만 요즘도 메이저리그 경기를 종종 시청한다. 메이저리그 최초의 아프리카계 미국인 야구 선수는 재키 로빈슨이다. 그는 LA다저스의 전신인 뉴욕 브루클린 다저스에서 1947년 데뷔전을 치렀다. 그의 통산 타율은 311리이고, 197개의 도루가 말해주듯 호타준족이었다. 홈 스틸도 19번이나 된다. 1947년에는 신인상을 받았고, 1949년에는 내셔널리그 타격왕과 MVP를 석권했다. 자신의 존재 가치를 드러내기 위해서도 그랬겠지만 몸을 아끼지 않는 허슬 플레이로도 이름이 높았다. 1962년 명예의 전당에 헌액됐으며, 1997년 4월 15일 입단 50주년을 기념해 그의 등번호 42번은 메이저리그 전구단 영구 결번으로 지정됐다. 여기까지는 알려진 사실이다. 그의 인품이 훌륭했다는 항간의 평은, 실제 그의 인간성이 존경을 받을 만큼 훌륭해서 그럴 수도 있지만 뒤집어보고 살펴봐야 할 대목이다. 백인들의 리그에서 최초의 흑인 선수가 살아남기 위해 속으로 꾹꾹 눌러 쳐죽이며 견뎌야 했을 그의 굴욕과 수모와 인내심은 세간이 감당할 몫이 아니었다. 메이저리그에 등장했던 첫해 그의 포지션이 1

루수였기 때문에(그 다음해부터 2루수로 뛰었다) 그는 1루 관중석에서 자신의 귀를, 뇌를, 심장을 향해 파고드는 온갖 야유와 모욕과 멸시를 꼭꼭 씹어 삼키고, 꾹꾹 눌러 삼켜야 했을 것이다. 야유가 삶을 살찌웠던가. 이런 야유는 기본이었다.

"어이, 검둥이. 너가 있을 곳은 목화밭이야!"

실제 그는 1919년 조지아주 목화농장 소작인의 아들로 태어났다. '우리 야구장에 발을 들여놓는 순간 죽을 각오를 해야 할 것'이란 협박부터 백인 팬들의 차별과 위협과 욕설과 조롱은 일상이었을 것이고, 상대편은 물론 같은 팀의 남부 출신 주전 선수들이 '흑인과 함께 야구 할 수 없다'며 출전을 거부하기도 했다. 재키 로빈슨의 성공에 빼놓을 수 없는 인물이 있다. 그의 메이저리그행을 추진하고 내 외부의 압력에 굳건히 대처한 구단주 브렌치 리키다. 백인들의 나라에서 인종 차별의 벽을 허물고자 했던 이 백인 구단주의 발상은 당시로서는 혁명적이었다.

재키 로빈슨은 그의 손에 들린 배트를 보며 무슨 생각을 했을까. 구타 당하던 조상들의 기억이 방망이에 고스란히 들어있지 않았을까. 멀리 갈 것도 없다. 1960년대 미국 남부만 해도 흑인에게 투표권이 없었다. 여성에게 투표권이 주어진 건 또 언제였던가. 내가 쉽게 바뀌

115

지 않듯, 세상은 쉽사리 바뀌지 않는다. 누군가의 피에 의해서, 누군가의 용기와 희생과 투쟁에 의해서, 누군가의 의심에 의해서, 누군가의 새로운 생각에 의해서, 그 생각을 행동으로 옮기면서 세상은 조금씩 바뀐다. 한꺼번에 바뀐 것처럼 보이기도 한다. 하지만 세상은 바뀐 것 같다가도 금방 원 상태로, 원 상태보다 더 악화돼 돌아오기도 한다. 세상을 정하는 것도 우리들이고, 정해진 세상을 두들겨 부수는 것도 우리들이다. 타성과 믿음과 관습과 고정 관념에 물들고 길들지 못하도록 나를 두들겨 깨우는 몽둥이 하나쯤은 있어야겠다.

2012년

여벌이 없는 생과 사처럼
이 가을빛은 이 가을뿐,

삶에 있었다
오늘에 있었다
지금에 있었다

1월 3일 화

　나는 유한을 사랑한다.
　나는 유한을 시식한다.

　죽기 전에, 나는 나대로 살 것이다.

1월 26일 목

　폴란드 시인 비스와바 쉼보르스카 시선집『끝과 시작』을 2007년 이후 세 번에 걸쳐 읽었다. 물론 일부 시편은 종종 들춰보았다. 한 시인의 시선집을, 그것도 외국 시인의 시집을 이렇게 전격적으로 읽었던 기억이 없지 싶다(보들레르를 제외하곤). 그녀의 시는 스케일도 크고 무엇보다 난삽하게 언어를 구사하지 않는다. 1923년생이니 올해 아흔 살이다. 지금껏 11권의 시집을 냈는데 칠십 대와 팔십 대에도 그녀의 '시적 전투력'은 녹슬지 않았고 식지 않았다. 여든셋에 펴낸『콜론』(2005) 이 가장 최근 시집. 연륜에 비춰보면 시집을 남발한 것도 아니다. 쉼보르스카는 오십 대와 육십 대에 최고 걸작들(「모래 알갱이가 있는 풍경」「시대의 아이들」「이력서 쓰기」「선택의 가능성」「하늘」「제목이 없을 수도」「증오」「현실」)을 쓴 걸로 보인다. 그 외에도「물」「돌과의 대화」「경이로움」「생일」「언니에 대한 칭찬의 말」「구름」「통계에 관한 기고문」같은 시들은 내가 자주 꺼내 읽었거나 꺼내 읽을 시들이다.

2월 17일 금

아주아주 심심한 날
나는 입술을 가슴에 파묻은 물새처럼
검은 안대 속 뻔히 두 눈 뜨고 있는
내 가슴 맛을 보려 한 적이 있어요

내 가슴에선 아마 육지에서 멀리 떨어진 섬의
등대 맛이 날지도 몰라요
아니면 그 섬의 감옥, 독방의 맛
아니면 지하 카타콤 맛이거나

(꽁꽁 묶어뒀던 폭포가 터지듯)

(포장지를 벗겨낸 바다가 출렁하듯)

(내 몸이 내 눈동자를 방생하는 기분이 들게 그렇게)

(바닷가 언덕에서 모이 찾고 있는 물새 병아리 두 마리처럼)

언젠가 수백 명의 어머니들이 광장에서
아들의 유해를 기다리는 사진을 본 적이 있어요
나는 그때 그 어머니들의 등에 달린
후크를 다 빼드리고 싶었다니까요

2012年
겨울

121

가슴에 달린 눈들이 흑흑
울음소리 광장을 메아리쳤거든요
제발 나를 혼자 두고 가지 마
나는 엄마야

안대 속에서 퉁퉁 부은 눈동자들이
감옥의 벽을 쿵쿵 두드리는 소리!

안대는 마치 누군가의 두 손처럼 생겼어요
병아리 두 마리를 꽉 틀어쥔 검은 장갑 낀 손!

그물에 걸린 물고기더러 회개하라는 말 들어보셨나요?
길 잃은 병아리더러 회개하라는 말 들어보셨나요?

내 검은 브래지어 끈이
두 줄기 눈물처럼
축 늘어져 있네요

(바다 한가운데서 검은 안대를 하고 노 젖는 사람처럼
니는 지금 깊은 곳 아무 데나 노 저어 가고 싶네요)

　　　　　　　　　　　—김혜순, 「검은 브래지어」 전문

「검은 브래지어」를 사흘째 꺼내 본다. 참 안 늙는구나, 혜순 누님. 샤먼. 말에 들린 자.

불발로 끝나고 말았지만 내 삶의 어느 땐가 내 성기를 내 혀로 빨려고 시도한 적이 있었다. 남자와 여자는 엄연히 다른 동물. 인간 종류가 다르다. 우선 젖가슴이 없어. 게다가 아랫도리에 거추장스런 막대기나 하나 달고 있질 않나. 혹 여자들은….

2월 19일 일

　요즘 오자키 유타카尾崎 豊(1965-1992)란 일본 뮤지션에 빠져 지낸다. 아침부터 오자키의 노래를 듣고 있으면 딸아이가 그런다.

　"아빠, 또 오자키 듣네!"

　지난 연말 '음악이 있는 저녁산책'이란 블로그에 우연히 들렀다가 이 가수를 알게 됐고 한눈에 전율을 느꼈다. 그러다 '작은 인연'(운영자가 '소연'님이고 오자키 유타카를 위한 블로그라 해도 되겠다)이라는 블로그에 들어가게 되었고, 오자키가 1987년 8월 30일(23세) 도쿄 아리아케 콜로세움 공연에서 노래한 〈물망초〉 동영상을 '인류의 문화유산'이라 표현한 소연 님의 글을 접할 수 있었다. 오자키처럼 노래한 가수는 그 앞에도 없었고 그 뒤에도 없겠다. 전신 방열 가수. 그 젊은 나이에 그리 다양한 곡들을(어느 것 하나 버릴 게 없다) 만들고 노래 부르고 했다는 게 그저 놀랍기만 하다.

　　처음 너와 만났던 날 나는 빌딩 건너편의
　　하늘을 계속 바라보고 있었지

네가 나에게 가르쳐준 꽃 이름은

이 도시에 묻혀버릴 듯한 조그마한 물망초

　　　　　　— 오자키 유타카, 〈물망초〉 가사 중 (소연 님 블로그에서)

2012年

겨
울

　자동차(삼성), 컴퓨터(삼성), 티브이(LG), 냉장고(LG), 세탁기(삼성), 전자레인지(LG), 스마트폰(삼성), 청소기(삼성)

　우리집에서 사용하고 있는 삼성과 LG 제품들이다. 이게 우리집만 그렇겠는가. 내 이웃 같지 않은 이웃집도 그렇고, 그 건너집도 그렇고, 한국의 일반 가정이 대개 그렇겠다. 한국의 재벌(대기업)이 지 일가친척끼리 물건 만들어 사고 팔아 오늘날의 재벌이 된 게 아니다. 한국민들이 만들고 소비한 까닭이다. 그러니 재벌은 재벌 소유가 아니고 한국민 소유다. 공적 자산이라고 봐야 한다. 한국의 재벌이 한국민을 먹여 살린다는 말은 그럴싸한 수사고 한국민들이 한국의 재벌을 먹여 살렸고 지금도 먹여 살리고 있다. 근데도 한국민들에게 '재벌이 한국의 공적 자산'이라는 '공적 인식'은 희박해 보인다. 그러니 '재벌'은 '재벌러지'가 되지 못해 안달하고 '재벌러지'는 '재재벌러지'가 되지 못해 발악하고 있는 것이다. 내가 재벌의 노예인 줄도 모른 채 재벌 제품에 목 매달고 목 매달리듯이. 그게 어디 나쁜이겠는가.

126

3월 19일 월

왜 그때 그 보잘것없는 글들을 버젓이 발표하고 책으로 묶었을까. 그 낯 뜨겁고 쓰레기 같은 글들을… 이제 와 버리지도 못하고…

*

내가 나 자신을 쳐다보면 피식 웃음이 나올 때가 있는데, 세상을 쳐다보면 부글부글 끓는다. 사실은 그 반대가 아닐까.

*

남 비판하기 좋아하는 사람이 비판당할 때의 태도를 보면 그 사람의 인격, 그릇의 크기 같은 게 적나라하게 드러난다.

*

내 이웃의 불의는 말할 것도 없고, 일상에서 벌어지는 그 숱한 불의를 보고도 눈감거나 외면해버리는 나의 불의는 괜찮은 걸까. 그러면서 이 세상의 불의에 대해 거창하게 함부로 지껄여도 되는 것일까. 그거 다 공허한 말장난이 아닐까.

*

나는 칭찬에 인색하다. 그렇다고 칭찬해야 할 작품 앞에서 인

색하게 굴지는 않는다. 입에 발린 소리를 할 바엔 입 다물고 있는
게 낫다.

*

　오자키 유타카가 생전 유일하게 티브이에 출연했던 1988년 6
월 22일 일본 TBS 방송 〈밤의 히트 스튜디오〉 라이브 동영상을
보면 "어쩜, 세상에 저리 수줍음 타는 청년이 다 있남!" 소리가
절로 나오게 한다. 이 수줍어하는 사내가 마이크 앞에선 즉각 '노
래하는 전사' '전신 방열 가수'로 거듭나니 그저 경이로울 뿐이
다. 사람 한 대 칠 줄 모를 것같이 곱상하게 생긴 사내가 링 위에
만 올라가면 백 스텝이라곤 모르는 최강의 인파이터로 돌변하는
것처럼. 어찌됐든 그는, 그의 음악은 나를 들뜨게 하고 열광하게
만든다.

3월 21일 수

　봄날의 나, 심각하다. 일주일째 고압 상태. 화병+우울+분노. 자꾸 열 받으니 언어 감각의 기능 상실은 물론이고 안압까지 상승한다. 화의 근본을 어떻게 처단한담. 어린애 달래듯 해야 하나. 적과 동침하듯 같이 살아야 하나. 화의 꼬리를 자르려 하면 열 꼬리, 스무 꼬리가 되레 더 꼬리치며 기승을 부리니 이쯤 되면 뇌를 폭파해 버리고 싶다. 내려놓기 힘든 걸 내려놓는 대인들도 있긴 있는 모양인데, 나 같은 소인배하곤 먼 얘기. 차라리 추운 겨울은 나았다. 늘 이맘때와 일조량 줄어드는 십일월이 더 힘들었지. 망념 떨치려 오빈리 들판을 걷다 뛰다 걷다 했다.

2012年

봄

129

파도의 폐에
비취처럼 박혀 있는
시냇물.

3월 31일 토

도연에게

종일 봄바람 덜컹거린다.

몇 줄의 생기 없는 글을 쓴다.

사는 게 예나 이제나 서툴다.

상처받는다. 상처 준다.

이십 대의 요즘 같은 봄날 저녁이었지.

쓸쓸함을 견디지 못해 자멸하듯

춘천의 이 거리 저 골목을 배회하고 다녔지.

봄바람에 창문이라도 덜컹대는 밤은

더 견디기 힘들어했지.

난 그 젊은 밤에서 얼마나 나아간 것일까.

한 발짝, 두 발짝.

어쩌랴. 또 몇 줄의 글을 쓰면서

삶의 무의미를 의미로 바꿀 수밖에.

나, 사는 게 너무 서툴다.

나, 멀다.

4월 1일 일

서랍을 뒤지다 엽서 한 장에 눈길이 갔다. 소설가 김도연이 딸
아이 앞으로 보낸 140원짜리 우편엽서. '2000. 2. 11 진부' 소인
이 찍혀 있으니 규은이가 자그마치 세 살 때다. 어제 일기는 '도
연에게'였는데 우연치곤.

내 미지의 어린 친구 규은에게

…나는 너를 기억하지만 너는 아직
나를 기억하지 못할 것이다. 그래서
즐겁고 떨린다! 규은이는 글을 읽지
못하니까 아주 나중에 이 엽서를 볼
수 있겠지(그렇지 않거나).

이곳은 진부라는 마을이다
너도 몇 번은 지나쳤을 곳이지
밖에는 눈이 내린다
눈은 내 종교란다
나는 떠나간 한 여자를 눈발 속에서
떠올린다, 그리고
도끼로 장작을 팬다, 잴 수만 있다면
아궁이에 불을 지핀다, 태울 수만 있다면

연기가 난다

술 취한 아버지는 잠들었고 어머니는

돌아오지 않는다

닭들이 먹이를 달라고 부엌문 밖에서 안을

엿본다

소가 구유에 목을 부빈다

아궁이 앞에 쪼그리고 앉아 돌배술을 홀짝

인다, 잊을 수만 있다면

규은아, 나는 잊지 못하는 병에 걸린

눈발 속의 나무다

날이 저문다

저 눈발은 내 전생애를 걸쳐 내릴 모양이다

항복할까?

2012年

봄

도연

133

4월 3일 화

내 문학은 지금부터다.

4월 7일 토

　시골 단독주택에서 산 지 십 년이 넘었다. 웬만하면 대낮에도 현관문을 잠그고 지낸다. 잡상인들 탓이다. 언제 들이닥칠지 모르기 때문이다. 심지어 아침 6시 무렵 텃밭에 파 뽑으러 간 틈을 비집고 좀약 팔러 왔다며 막무가내로 현관문 안으로 들어온 벙어리(진짠지)도 있었다. 이웃 분들 중에도 불쑥 현관문을 열고 들어오는 경우가 종종 있었는데 이젠 그러지 못한다. 하지만 시골집에서 어떻게 철통같이 현관문을 잠그고만 살겠는가. 오늘도 베네수엘라에서 왔다는 돼지처럼 생긴 두 연놈이 노크 한 번 없이 현관문을 열고 들이닥쳤다. '마약 퇴치 기금'을 모으러 다닌다며 예의 없이 굴었다. 무단 가택 침입죄로 경찰을 부를 것도 아니고 개쌍욕을 퍼부어줄까 하다 억지로 참았다. 남의 집에 볼 일이 있어 왔으면 노크하고 주인이 나올 때까지 기다리는 것은 기본 상식 중의 상식이다. 여호와의 증인들이 그랬다. 그들은 지난 십 년간 숱하게 우리집을 찾아와 노크했지만 단 한 번도 현관문 손잡이에 손대지 않았다. 어른이나 애나 국산이나 외제나 몰상식과 몰염치에다 대가리와 눈동자에 돈 생각만 우글거리는 예의 없는 연놈들 세상이 된 지 오래다. 가지가지 이 폭력진 세상이다.

MB는 쿠데타를 일으켜 정권을 잡은 사람이 아니다. 내 가까이, 원수보다 가까이 있는, 그들이 입만 열면 거품 무는 그 '국민'이라는 자들이 그를 대통령으로 만들었다.

세상을 바꾸고 싶다고? 세상을 바꾸고 싶은 자들은 지 에미 애비의 생각부터 바꾸거나 적어도 설득할 수 있어야 한다. 나는 그렇게 했는가. 그리고 우리들의 에미 애비들이 그런다고 어디 설득 당하기라도 할 사람들인가. 흐허허.

이 세상에 나하고 같은 생각을 하는 사람들은 극소수고 나하고 생각이 같지 않은 사람들이 절대다수란 걸 인정하고 받아들이는 데 사십 년 이상이 걸렸다.

나는 내 나라에서조차 외국인이다.

이웃조차 나를 집시 대하듯 한다.

흐흐흐.

나는 이제 절망하지 않는다.

4월 15일 일

언덕배기 밭에서 점심 먹기 전까지 참외 심을 곳 흙을 쇠스랑으로 파 엎었다. 호박과 옥수수 심을 곳에 거름을 줬다. 돼지감자(뚱딴지)를 한 봉지 캐 왔다. 텃밭에서 불을 피워 반건조 오징어(피데기)와 고구마 구워 점심 대신 먹었다. 텃밭 시금치, 쥐똥나무 울타리 밑에서 채취한 원추리, 돌나물 무쳐 저녁 먹었다. 행복하지 못할 이유가 없는 생활인데 왜 내 마음(뇌)은 무심(무정)하게 굴지 못하고 요동치는 것일까. 왜 내가 내 마음을 좌지우지 못하는 걸까.

2012年

봄

　한규우라는 분이 계시다. 짐작건대 고희를 살짝 넘긴 게 아닌가 싶다. 1990년 가을, 대학생이 된 막내딸 하나 믿고 40일 동안 밤기차만 타고 유럽을 배낭여행한 강자다. 2010년 봄이 끝나갈 무렵 그 분이 보내준 『바람 할머니, 산골에서 유럽으로 날다』란 책을 읽고 알았다. 개인이 보낸 책인데 필자 서명이 없었다. 첨 있는 일이었다. 잘 다듬어지고 세련된 글은 아니었지만 글꾼들의 글처럼 뺀질거리지(조제) 않아서 좋았다. 다 읽고 엽서를 썼더니 답장이 왔다. 만나뵙지 못했지만 이렇게 인연이 닿았다. 선생님은 강원도 횡성 산수골에서 표고농장을 운영한다. 지난해 1월, 원주에 사는 모 시인이 표고버섯 최상품인 '화고'가 봄날 내게 갈 것이라고 귀띔했다. 서너 달 지나 버섯을 보낼 수 없게 되었다는 기별이 왔다. 겨울 날씨가 안 좋았단다. 그로부터 다시 일 년이 지난 오늘 화고 한 박스가 기별도 없이 택배로 왔다. 일면식도 없는 분의 저자 서명 없이 보내준 책 한 권을 읽고 보낸 엽서 한 장이 이 엄청난 사태를 불러왔다. 이래저래 나는 복 받은 사람이다.

4월 25일 수

비판받을 권리도 있다.

4월 28일 토

　3초를 참지 못하고 수를 둔다 해서 '3초 서'란 별명이 붙은 프로 기사棋士가 있다. 내 아버지야말로 '3초 박'이다. 3초를 참지 못하고 화를 내니 말이다. 내 아버지는 수시로 성질 부리는 수소〔牛〕. 내 어머니는 나비. 고요를 움직이는 봄날의 배추흰나비. 수소와 나비가 만나 내가 태어났다. 아버지의 눈길이 닿으면 세계는 망조. 어머니의 손길이 닿으면 세계는 생기. 이 두 피가 내 속에서 3초를 쉬지 않고 요동친다. 내가 봐도 내가 괴롭다. 그렇다고 그게 전부는 아니다. 그 괴로움 사이사이 난바다 성난 파도의 얼굴을 어루만지듯 나도 모르는 희열이 서광처럼 생의 한가운데로 찾아드는 순간 순간이 없는 게 아니니까 말이다.

5월 1일 화

사흘 동안 텃밭과 언덕배기 밭에 풋고추(롱그린), 고추(청량), 토마토, 방울토마토, 옥수수, 애호박, 단호박, 참외, 가지, 오이, 피망, 파프리카, 잎들깨 모종을 심었다. 고구마 심는 건 포기했다. 지난달 초 언덕배기 밭에 거름을 주러 갔을 때도 고라니와 마주쳤었다. 도처에 고라니. 뜰의 철쭉이 활짝 피었다. 곱다. 간간이 죽도화도 노란 꽃을 내밀었다. 이웃집 꽃사과꽃이 흐드러졌다. 꽃사과꽃이 흐드러지면 오월. 저녁 무렵 술 생각이 식욕과 성욕을 합친 것보다 컸지만 참았다.

5월 27일 일

가식적인 인사는 하기도 싫고 받기도 싫다. 아는 체하다 코딱지만 한 자신의 이익 앞에선 졸지에 안면 바꾸는 이웃들보다 아는 체 안 하고 민폐 안 끼치는 이웃이 차라리 낫다.

가고 싶지 않은 섬처럼 떠 있는 이웃들.

내 나라에서는 인간들, 그것도 이웃이란 이름의 탈을 쓴 양심 불량들 때문에 피가 역류했던 적이 한두 번이 아니었다.

너한테 좋은 게 나한테는 좋은 게 아니었다.

이웃집은 있어도 이웃은 없다.

6월 21일 목

  사람 부르면 돈 들지만 비를 부를 수만 있다면 앉아서 돈을 번다고 해야겠다. 그렇게 5월부터 6월 내내 가물다. 그런 중에도 뜰과 옹기그릇에 심은 파프리카와 피망을 곧잘 따먹고 있다. 근데 어느 게 파프리카이고 피망인지 구별을 못하겠다. 에어컨 없이 지낸 지 오십 년째. 지지난해에는 선풍기도 없이 부채로 여름을 났다. 지난해에는 선풍기 한 대와 부채로 여름을 났다. 납량 엽기 가족이라 할 만하다. 작은 날벌레들이 밤마다 극성을 부려(방충망도 소용없다.) 하절기엔 일찍 자고 일찍 일어나야 글일 하기 그나마 낫다. 이보 안드리치의 『드리나 강의 다리』(김지향 옮김)를 읽는 틈틈, 2007년 구입해 오분의 일쯤 읽다 처박아둔 파스칼 키냐르의 『은밀한 생』(송의경 옮김)을 꺼내 본다. 그중,

  "라틴어로 범죄facinus는 음경fascinus을 필요로 한다."

  "그녀 몸을 얻으려고 사지마다
  눈물로 애원하는 내 몸의 음경."

—파스칼 키냐르, 『은밀한 생』 중에서

남하했던 장마전선이 북상하며 자정 무렵 비를 뿌리기 시작했다. 창가에 우두커니 앉아 밤비 내리는 소리를 들었다. 비만 내리면 피 활발하던 내 젊은 날은 이제 가고 없다. 그 시절 나는 비의 사나이였다. 비 내리는 밤이면 가감없이 쓸쓸 적적했던 나였어도 까닭없이 밀려들던 살아 있다는 희열 또한 물리치지 못하고 고스란히 맛봐야 했다. 나는, 나의 삶은 하늘과 땅 사이에 내리던 그 모든 종류의 비를 원했고 사랑했다.

그때나 지금이나 여전히 나는 상처받았다. 내가 타인으로부터 받은 상처만큼이나 내가 준 상처 또한 그들을 깊게 찔렀다. 하지만 내가 준 상처조차 내게 곧잘 되돌아오기 일쑤어서 나는 이중 삼중으로 상처받고 살았다.

비는 오전 내내 내렸다. 오후는 흐렸다. 다시 밤이 오자 서늘함마저 느껴지는 시원한 바람이 연신 내 이마를 식혔다. 고마운 바람이었다. 내륙에 부는 오늘 이 바람은 동해 밤 파도에 실려 오는 저 해풍을 빼다 박았다.

7월 15일 일

　비 많은 나라의 밤을 지키는 보초처럼 밤 2시에 깨어 창가에 앉아 어둠 속 빗소리를 듣는다. 저 밤비 소리. 창문을 열자 서늘한 밤 공기가 후끈 피부에 닿는다. 점점 더 거세지는 비의 발자국 소리. 빗소리란 빗소리는 지상의 잎이란 잎을 다 깨워 날 밝을 때까지 밤을 내려간다. 내 것이 아닌 육체를 만지는 흥분에 버금가는 여름 밤비였다.

7월 16일 월

"우리나라에서 나이 들었다는 것은

그만큼 인격이 성숙해졌다는 것을 의미하는 것이 아니라

그 세월만큼 교활해지고 탐욕스러워지고

그 세월만큼에 비례하는 내면의 지옥을 품고 있다는 것을 의미한다."

　　인터넷 들어갔다 접한 어떤 네티즌의 글이다. 일반화시키고 싶지는 않지만 내 주위에도 인격과 품위는커녕 나이 먹은 욕심꾸러기들과 몰상식한 늙은 고깃덩어리들이 널려 있다. 그뿐이겠는가. '국민이라는 이름의 노예들' 또한 바글거린다.

8월 18일 토

　언덕배기 밭에 가서 참외, 가지, 방울토마토, 풋고추, 오이 따
다 놓고 '당신은 무슨 일로 그리합니까? 홀로이 개여울에 주저앉
아서~' 소월의 시에 곡을 붙이고 정미조가 노래 부른 〈개여울〉을
흥얼거렸다. 소월의 시를 이제 조금 알 것 같기도 하고, 아직도…
여전히…

　　　가도 아주 가지는

　　　않노라시든

　　　그러한 약속이 있었겠지요

　　　날마다 개여울에

　　　나와 앉아서

　　　하염없이 무엇을 생각합니다

　　　　　　　　　　　—김소월, 「개여울」 중에서

　'하염없이 무엇을 생각'한다니! '무엇'을 이렇게 쓴 시인이 있
었던가.

너를 찾아간 가을 오후,
햇살이 너무 고와
나는 내 몸 속 혈관을 따라
꼬물꼬물 기어가는
벌레 같은 햇살을 느낄 수 있었다.
그런 날은
독주를 마시고 싶었다.

9월 8일 토

김경후의 『열두 겹의 자정』에 실려 있는 「첫눈」이란 시를 펼쳐 읽다 자세를 고쳐 잡고 잎사귀 하나 하나 헤치듯 처음부터 시집을 헤쳐 나갔다. 스나이퍼. 닌자. 나는 한칼에 베였다. 그녀의 언어에.

닭튀김을 뒤적이다가, 이건 어디였지, 모가지 날개 사타구니 어디? 바람이 죽었대, 바람의 풍장 소식을 들은 밤이다

요즘 넌 어떻게 지내, 네가 나를 잘 모르듯이 지내, 그런 널 북쪽 밤하늘 어디쯤 걸어둬야 내 별처럼 흔들릴까, 바람의 풍장에 가지 못할 정도로 바람 부는 밤이다

내일도 나는 출근하고 빨래를 하리라는 걸, 오늘 도망갈 생각을 하는 동안 안다. 나는 닭의 어느 부위였을까

바람이 우는 그믐밤
나는 닭 날개를
뒤적인다

　　　　　　　—김경후, 「바람의 풍장」 전문

9월 25일 화

1

백석 시전집을 펼쳐 몇 줄 읽다 도로 닫는다.

따라갈까 봐서이다.

> 문기슭에 바다햇자를 까꾸로 붙인 집
> 산듯한 청삿자리 우에서 찌륵찌륵
> 우는 전북회를 먹어 한여름을 보낸다
>
> 이렇게 한여름을 보내면서 나는 하늑이는
> 물살에 나이금이 느는 꽃조개와 함께
> 허리도리가 굵어가는 한 사람을 연연해한다
> ―백석, 「물닭의 소리」 중 '三湖' 전문

2

성교로 갈등을 임시 봉합한다.

3

아, 어느 날 가을바람처럼 가버려야 할 텐데… 추하게 늙을까
봐, 추하게 죽을까 봐 두렵다. 이 대목에서만큼은 나를 조롱하는
운명에게 두 손 모아 빌고 싶다. 딴 건 몰라도 이 원만큼은 들어

줘야 한다고.

4

"리얼리스트가 아닌 시인은 죽은 시인이다. 그러나 리얼리스트에 불과한
시인도 죽은 시인이다."

―파블로 네루다

5

'하루에 원고 5매씩 써야겠다' 마음 먹은 적이 있었지.

산술적으로 치면 일 년에 1천 8백매지.

딱 반을 잘라내도 장편소설 한 권이지.

허사였지.

'하루에 원고 1매씩 써야겠다' 마음 먹은 적이 있었지.

마음 먹은 적이…

마음 먹은…

2012年
가
을

10월 14일 일

열은 아침 안개 속 오빈리 들판을 걸었다.

오빈저수지에 다다랐을 때 물빛이 얼마나 더러운지 욕 나올 뻔했다.

-이게 가을 저수지 물빛이냐.

-그런 물빛을 앞에 놓고 낚싯대를 드리우고 있는 저 화상은 또 뭐냐.

더 걷고 싶은 기분이 아니어서 서둘러 집으로 돌아와 글 쓰고, 글 쓰고, 책 읽고, 책 읽었다.

점심 때 가족끼리 외식했다.

강 건너가 숯불 닭갈비 먹고 손칼국수 먹었다.

운동화 밑창이 헤어져 너덜너덜했다.

그 동안의 헌신을 생각하며 헌신짝 버리듯 버렸다.

리복은 없고, 아디다스는 점포정리 중이었고, 르까프 제품으로 구입했다.

치 미시러 중미산을 넘었다.

정배1리 마을회관 앞 정자 밑에 커피 데려다 놓고 잠시 시간을 놓아줬다.

햇살이 개울에서 팔랑거렸다.

서종면 노문리 화서華西 이항로李恒老 생가로 이동했다.

처음 거길 갔을 때, 내가 어느 시간대에 여기서 살았던 게 아닐까 그런 기시감과 친밀감에 전율했는데, 두 번째 갔을 때도, 세 번째인 오늘도 그랬다.

이 가을이 다 가기 전에 다시 갈 것이다.

오빈리 들판에 노랑이 한창이었다.

잘려 나간 곳도 있었다.

콩밭은 노랑의 극치였다.

이름하여 논 단풍, 밭 단풍.

명산의 단풍만 하겠는가마는 못할 것도 없었다.

저 노랑의 세력은 내 머리카락을 타고 들어와 심장을 지배하다 열흘 이내에 떠날 것이다.

한 잎이 물들면 나무 전체가 일렁였고,

한 나무가 물들면 숲 전체가 술렁였다.

가을 산하에 가까스로 남아 있는 햇살을 배웅하며 저녁으로 돌아왔다.

심장 박동이 뇌 속으로 자주 들이친 하루였다.

손 닿을 수 없는 곳에서 별은 빛나고 손댈 수 없는 곳에서 달
은 비춘다. 손에 닿으면, 인간의 손에 닿는 것들은 어김없이 때
가 묻는다. 인간의 때가 묻을 수 없는 곳에서 별은 빛나고 달은
맑고 밝고 차다. 이 밤의 사업은 빛나거나 비추거나 둘 중 하나.
아니면 어둠 속에 바위처럼 침묵해야 한다. 그러나 나는 별이
아니고 때 묻고 탈 나기 쉬운 한낱 일개 인간일 뿐이다. 별은 내
가 닿을 수 없는 곳에서 반짝이고 내가 어떻게 해볼 수 없는 곳
에서 깜박인다. 멀지만 가깝고 가깝지만 먼 인간들처럼. 인간이
이룩한 문명은 어느덧 고스란히 인간의 운명이 되어 있다. 언제
나 문제는 인간이다. 해와 달과 저 별이 아니다. 인간을 위해 울
어 줄 신 따위는 그 어디에도 없다. 인간이 일으킨 문제는 인간
이 해결해야 한다.

10월 15일 월

한국시에 직유가 범람한다.

10월 19일 금

1986년 4월 하순. 1985년 9월에 입대한 나는 첫 휴가를 나가기 위해 설레고 있었다. 그날따라 연대장 신고까지 끝난 휴가병들을 연병장에 집결시키고 보안대에서 소지품 검사를 실시했다. 시답시고 빼곡이 써놓은 내 군인수첩을 들여다보던 보안대장 입에서 떨어졌던 한 마디. "자네, 시 쓰나?" 호감 어린 표정으로 웃음까지 띠던 그는 아무 트집 잡지 않고 선선히 수첩을 내게 돌려줬다. 날씨는 화창했고 천지는 기운생동으로 요동쳤다. 그날은 내 인생이 날개 단 여러 날 중 한 날이었다.

1987년 12월. 나는 '떨어지는 낙엽도 피해 다녀라'는 육군 말년 병장이었다. 제13대 대통령 선거(12월 16일)를 앞두고 전 장병 외출, 외박 금지령이 내렸다. 강원도 주문진 출신 후배 김 상병의 형이 면회를 왔다. 밖으로 나갈 수 없었던 김 상병은 나를 불렀고 우리는 영내 면회실에서 일명 '똥술 양주'라고 하는 캡틴 큐를 홀짝였다. 일순간 '박 병장 제대 기념으로 축하 노래 한 곡 부르겠다'며 후배 형이 포크싱어 곽성삼의 〈귀향〉을 부르자 우리는 합창했다. 얼마 지나지 않아 위병소의 위병이 들이닥쳐 소속과 관등성명을 적어 갔다. 지나가던 연대 소속 장교가 면회실에서 데

모 노래 부른다고 호들갑을 쳤기 때문이었다. 중대장실에 불려간 나는 가사를 읊조려야 했다.

이제 집으로 돌아가리 험한 산 고개 넘어
끝없는 나그네길 이제 쉴 곳 찾으리라
서산의 해 뉘엿뉘엿 갈 길을 재촉하네
저 눈물의 언덕 넘어 이제 집으로 돌아가리

지나는 오솔길에 갈꽃이 한창인데
갈꽃잎 사이마다 님의 얼굴 맺혀 있네
길 잃은 철새처럼 방황의 길목에서
지쳐진 내 영혼 저 하늘 친구 삼네
사랑하는 사람들아 나 초저녁 별이 되리
내 영혼 쉴 때까지 나 소망을 노래하리

—곽성삼. 〈귀향〉 전문

그 시절 나는 무탈하게 집으로 돌아가고 싶은 생각밖에 없었다. 대통령선거 전, 중대장실에서 부재자 투표를 했다. '박 병장 결정했냐?'는 한 마디에 나는 군말 없이 군바리 출신 여당 후보

(노태우)에게 투표했다. 내 인생의 여러 비겁했던 순간들 중 한순간이었다. 대통령 선거 다음 날인 12월 17일 제대했다. 오늘 25년 만에 내가 제대하면서 나왔던 길을 역으로 거슬러 갔다. 동서울종합터미널-일동-이동-광덕고개(캐러멜고개)-사창리. 사창리에서 택시 잡아타고 명월리 2799부대 앞에 섰다. 담배 한 대 태웠다. 신병교육대 앞으로 이동했다. 다시 담배 한 대 태웠다. 오래 머물 수 없었다. 입대하고 휴가 다녔던 길(곡운구곡谷雲九曲)을 따라 진동하는 가을빛을 만끽하며 서둘러 춘천으로 향했다. 나는 모진 인간이 아니다. 25년 뒤에도 내 삶이 지상에 머문다면 그때 널 다시 찾아오마. 잘 있거라, 내 청춘의 유적지여.

2012年

가
을

10월 26일 금

　지난주 금요일 강원도에 갔다 그날 왔다. 다음날부터 극심한 우울에 시달렸다. 고압 상태가 계속돼 월요일엔 술의 힘을 빌렸으나 그때뿐이었다. 우울 플러스 화병. 이쯤 되면 반려동물이 따로 없겠다. 안 되겠다 싶어 몸을 움직이기로 했다. 운길산역에서 내려 조안면 진중리로 해서 수종사에 들러 물 한 잔 마시고 송촌리로 내려왔다. 송촌리의 가을은 아껴두고 싶은 마을의 가을. 한음 이덕형 별서 터의 사백 년 된 은행나무는 가을의 절정이 여기 있음을 노랗게 노랗게 말하고 있었다. 이번만이 그런 게 아니다. 송촌리를 걸으면 마음이 온화해진다. 마을의 힘. 걷기의 힘.

　나같이 제외적인 인간에게 평상심은 예외적인 마음일 뿐만 아니라 꿈도 못 꿀 위대한 마음이라고 여러 해 전부터 이 몸은 새겨왔다.

　저녁 어둠 속 문을 두드리기에 나가 봤더니 최낙현 어르신이 총각김치를 양재기 가득 들고 오셨다.

160

10월 27일 토

어제까지 아무리 좋고 새로운 글을 썼다 해도 오늘 그런 글을 쓴다는 보장은 그 어디에도 없다. 노하우는 글쓰기의 적. 다음 글쓰기에 도움이 안 되는 지금까지의 글쓰기. 그게 글쓰기의 적막이라면 적막이고 매혹이라면 매혹.

'블라인드 코너' 앞에 선 자의 실의와 전의.

*

EBS 세계의 명화〈보리밭을 흔드는 바람〉(켄 로치 감독)을 딸과 함께 봤다. 졸음을 참아가며 끝까지 보는 녀석이 대견스러웠다.

10월 31일 수

내가 좋아하는 세 가지 색.

파랑. 노랑. 초록.

하나 더.

연두.

연어가 귀환했다.

연어가 회귀했다.

전화에 대고 눈물 흘리려다 마는 어머니를 발견이라도 한 것
처럼 목소리를 들여다보았다.

걸었다.

노랑으로 에워싸인 거대한 은행나무를 털북숭이 짐승을 대하
듯 들여다보았다.

162

걸었다.

떨어진 은행알들이 뭉개 터진 눈깔로 나를 쳐다보았다.

냄새가 고약해서 나는 얼른 공중으로 눈을 깔았다.

시월이 갔다.

처녀와 잤다. 아직도 처녀였다.
동정과 잤다. 아직도 동정이었다.

내가 살았던 과거라는 미래.

2012年
가
을

노안이 온다.

이미 와 있다.

읽고 쓰는 게 업인 사람에게 좋지 않은 징조다.

*

그 조선 위선녀는 자위대 원숭이가 아닌 것처럼 군다.

악평 말고는 할 게 없다.

중개상들의 농간에 놀아나는 식민들.

속이는 기술보다 속지 않는 기술이,

사기 치는 기술보다 사기당하지 않는 기술이 먼저다.

누가 우군인지 알 수 없고

원군은 당나라 군대다.

*

오빈저수지 둑방에 섰다. 억새와 갈대가 뒤섞여 백발과 갈색 머리카락을 휘날리며 몸으로 바람을 받아 몸으로 놓아주고 있었다. 37번국도를 건너 신애리로 갔디. 마을 진입보 느티나무 물든 잎이 입 벌어지게 고왔다. 야트막한 동산으로 들어가니 암컷 은 행나무가 절정의 아름다움을 수태하고 있었다. 풀더미 속에서 고라니가 놀라 뛰쳐나가자 내 심장도 같이 날뛰었다.

　　뇌쇄적인 가을.
　　뇌살적인 가을.

11월 15일 목

　새벽 5시에 일어나 밀린 설거지 하고, 밀린 양치질 하고, 녹차 마시며 시를 읽는다. 시를. 두말하지 않는 시를. 암호문서 같지 않은 시를. 허영 부리지 않는 시를. 시인의 피가 도는 시를. 삶과 세상사의 맥락을 집어내는 시를. 한 번 읽고 두 번 읽고 또 읽는다. 소리 내 읽고 필사해가며 읽는다. 지구 저편에서 온 시를. 여성이 아닌 남성이 쓴 시를. 남성이 아닌 인간성이 쓴 시를. 간혹 인간성 이상이 쓴 시를. 화장실 갔다 와서 읽고, 커피 데려다 놓고 읽고, 아침 먹고 읽고, 전철 타서 읽고, 두물머리까지 걷다 다시 탄 전철에서 읽고, 집에 와 읽고, 점심 먹고 읽고, 저녁 먹고 읽고.

12월 3일 월

녹우에게

정오 지나자 함박눈이 참 실하게 내리더군.

하늘이 흘리는 눈물폭죽 같더군.

이번 세상에서 본 함박눈 중 크기가 가장 컸지.

커피 데려다 놓고 그 광경을 무연히 쳐다보았지.

또 한 해의 마지막 달에 와 있네.

지금까지 못 쓴 글은 지금까지 못 쓴 글일 뿐이고

지금까지 잘못 산 인생은 지금까지 잘못 산 인생일 뿐이라 여기고

하루 하루를 유일하게 살아야겠네.

이번 겨울은 글 쓰는 짐승처럼 책상 앞에 붙어 있을 것이네.

술보다 삼양라면 끓여 먹고 싶은 밤

2012年
겨
울

167

12월 20일 목

세상이 바뀌기는 바뀐다.

그토록 인간이 안 바뀌듯이.

2012年 일기에 언급한 작품들

비스와바 쉼보르스카, 「모래 알갱이가 있는 풍경」 「시대의 아이들」 「이력서 쓰기」
「선택의 가능성」 「하늘」 「제목이 없을 수도」 「증오」 「현실」 「물」 「돌과의 대화」 「경이로움」
「생일」 「언니에 대한 칭찬의 말」 「구름」 「통계에 관한 기고문」
『끝과 시작』 최성은 옮김, 문학과지성사, 2007
김혜순, 「검은 브래지어」 『슬픔치약 거울크림』, 문학과지성사, 2011
오자키 유타카, 〈졸망초〉, 1985
한규우, 『바람 할머니, 산골에서 유럽으로 날다』, 천년의시작, 2010
파스칼 키냐르, 『은밀한 생』 송의경 옮김, 문학과지성사, 2006
이보 안드리치, 『드리나 강의 다리』 김지향 옮김, 문학과지성사, 2008
정미조, 〈개여울〉, 1972
김소월, 「개여울」 『진달래꽃』 김인환 책임편집, 휴먼앤북스, 2011
김경후, 「바람의 풍장」 「첫눈」 『열두 겹의 자정』, 문학동네, 2012
백석, 「물닭의 소리」 『백석시전집』 이동순 편, 창작과비평사, 1987
곽성삼, 〈귀향〉 《길》, 1981
켄 로치, 〈보리밭을 흔드는 바람〉, 126분, 2006

169

영자

　그녀의 아버지는 시를 짓는 사람. 그의 하나뿐인 딸 영자 역시 시를 짓는다. 영자는 학교조차 다니지 않는 사춘기 산골 소녀. 전기도 들어오지 않는 강원도 외딴 산골에서 약초 캐는 아버지와 세상 물정 모르는 딸아이가 세상과 동떨어져 그들만의 자그마한 세상을 살고 있었다. 큰 세상이 있는지 없는지, 어쩌면 큰 세상이 어떤 곳인지 몰라도 되는 세상이 거기에 있었다. 이 산골 소녀의 삶이 세속에서 온 매체의 지면을 타면서 알려지게 되고, 모 방송국의 티브이 프로그램으로 제작돼 방영되자 더 크게 세간에 화제가 되었다. 팬레터가 쇄도하고, 전기가 들어오고 휴대전화, 컴퓨터, 녹음기, 화장품이 전해졌다. 우연찮게 그 프로를 시청하던 나는 불길한 예감과 마주했다. 저 외진 산골에 누군가 악심을 품고 들이닥치면 무슨 일이 벌어져도 속수무책으로 당하겠구나 싶었지만 쓸데없는 나의 과민함 쯤으로 여기며 애써 신경을 껐다. 그들은 원하든 원하지 않든 유명세를 치르게 되었고, 영자는 CF 광고에도 출연하고 에세이집도 출간하게 된다. 세상에는 선의의 손길을 노리는 악의의 그림자가 삶과 죽음처럼 가까이 붙어 있지 않던가. 가만히 있을 세상이 아니었다. 얼마 안 가 비보가 전해졌다. 방송과 CF 출연료가 적지 않을 걸로 여긴 한 전과자가 범행이 용이하다 판단해 그곳으로 흘러들었고, 영자의 아버지는 살해당하고 말았다. 영자는 당시 서울 후원사 집에 가 있었는데, 그 후원자 역시 영자의 출연료와 인세, 후원금 등을 떼어먹는 등, 산골 소녀를 이용하고 악용한

걸로 알려졌다. 지금부터 그리 머지않은 이십 세기 말과 이십일 세기
초입에 걸쳐 벌어졌던 비극이다.

여승女僧은 합장合掌하고 절을 했다
가지취의 내음새가 났다
쓸쓸한 낯이 넷날같이 늙었다
나는 불경佛經처럼 서러워졌다

평안도平安道의 어느 산山 깊은 금덤판
나는 파리한 여인女人에게서 옥수수를 샀다
여인女人은 나어린 딸아이를 따리며 가을밤같이 차게 울었다

섶벌같이 나아간 지아비 기다려 십년十年이 갔다
지아비는 돌아오지 않고
어린 딸은 도라지꽃이 좋아 돌무덤으로 갔다

산山꿩도 섧게 울은 슬픈 날이 있었다
산山절의 마당귀에 여인女人의 머리오리가 눈물방울과 같이 떨어진
날이 있었다

　　　　　　　　　　—백석, 「여승女僧」 전문

171

* 금덤판: 금광의 일터.　* 섶벌: 나무섶에 집을 틀고 항상 나가서 다니는 벌.　* 머리오리: 머리카락.

백석은 "산골로 가는 것은 세상한테 지는 것이 아니다/세상 같은 건 더러워 버리는 것이다"(「나와 나타샤와 흰 당나귀」)라고 썼다. 대다수 사람들은 '더러워도' 저 한적한 산골이 아닌, 버릴 수 없는 이 비루한 거리 위에서 하루를 영위하고 이틀을 도모한다. 아무나 산골서 살지 못하지만 아무나 저잣거리서 살 수 있는 것도 아니다. '영자'는 어린 시절 내 이웃집 누나 이름. 영자란 이름을 입술에 올리면 곰보 째보 란 말들이 따라오고, 순자, 말자, 옥화, 복현, 필녀, 필순이, 영숙이, 희숙이 같은 계집 이름도 올라온다. 올라올 때 내 심장 속에 묻어 둔 세상도 따라 올라와 바깥 나들이를 한다. 백석은 하늘이 내린 시인이다. 백석이 왜 하늘이 내린 시인인가. "어린 딸은 도라지꽃이 좋아 돌무덤으로 갔다"고, 인간이 할 수 있는 최대치의 애도를, 인간 이상의 애도를 하니까 그렇다. 백석은 그가 쓴 시로 말하면 "하늘이 사랑하는 시인"(「촌에서 온 아이」)이다. 이성복 시인의 표현을 빌리면, 백석은 "다른 아가미로 숨 쉰 사람"이다. 다른 아가미로 살던 부녀를, 다른 호흡으로 숨 쉬던 인간이 덮쳐, 애비는 더는 이 세상을 원망도 좋아도 할 수 없는 사람이 되었다. 사연은 다르겠으나 기구한 삶의 빛과 그림자를 간직한 사람들의 사연과 곡절이 세상 천지 곳곳 눈물 바닥이겠거니와 알고 보면 날숨과 들숨처럼 우리 생활의 지척에 붙어 있을 것이다. 어김없이 삶은 이쪽에 남은 자들이 몫이겠으나 아슥하세노 저쪽으로 가 버린 자들의 몫까지 함께 남는다. 그들은 나의 어머니나 이모거나 아재나 고모거나 누이거나 훗날의 색시여서 나는 지금 이 시간을 함부로 대할 수 없게 되고, 지금 이 순간을 할애해 그들의 가슴과 무르팍에게로 "불경佛經" 다가간다.

꽃 피는 산골에서 나온 영자는, 나의 누이는 이리 뜯기고 저리 떼이고, "세상이 너무 무섭다"며 꽃 지는, 이미 꽃이 다 져버린 산골로 다시 들어가 머리를 밀었다.

내 가슴에 눈물 비가 솟구치던 날이었다.

2013년

내가 직접 당해 보지 않고선
억울한 자의 피부 속으로 여행할 수 없다

1월 6일 일

　박수근미술관 창작스튜디오 7기 입주작가 전형근의 《시간을 뒹구는 돌》 사진전(2013.1.4-1.31) 보러 어제 강원도 양구楊口 갔다 오늘 왔다. 내겐 사십 대 들어 사귄 친구와 선후배들이 조금 있다. 싱어 송 라이터도 있고, 사진작가도 있고, 화가도 있다. 전형근도 그 한 사람. 어느 날 춘천의 한 카페에서 알게 된 그에게 에바 캐시디Eva Cassidy CD를 한 장 건넸더니 그 다음 핸가 듣도 보도 못한 '티볼리 오디오Tivoli Audio'라는 라디오를 "딸 시집 보내는 심정으로 준다"며 내게 건넸다. 그뿐인가. 하루는 그가 입고 있던 연한 갈색의 잠바가 되게 맘에 들었다. "그 옷 내가 입으면 안 되겠냐" 했더니 그는 군말 없이 즉각 그 자리에서 벗어 내게 넘겼다. 처음 만났을 때나 지금이나 그는 늘 겸손하다. 문학합네, 그림합네, 음악합네, 사진합네 하는 부류 중, 작품도 안 되고 인간도 안 되는 덜떨어진 치들이 어디 한둘이던가. 전형근이 여러 해 전부터 '돌'에 관심을 갖고 사진하고 있는 걸 알기는 했었다. 지난 연말, 전시회 도록에 들어갈 글을 조심스레 부탁했을 때 나는 선뜻 받아들였고, 서울 그의 작업실에 들러 작품을 보고 와 한순간에 썼다.

ⓒ 전형근

돌과의 사랑

어느 해였던가. '너른 여울'이란 이름의 광탄리廣灘里에서 살 때였다. 개울가를 평소처럼 산책하고 있던 내게 그 숱한 돌 중 어린애 손바닥만 한 돌 하나가 눈에 들어왔다. '그 개울 바닥에 있는 돌은 그 개울 바닥에 있는 게 가장 낫다'라는 평소 내 생각과 달리 나는 그 돌을 집어 집으로 가져오고 말았다. 그 돌은 지금도 내 책상 위에 놓여 있고 자주 내 눈길과 마주하며 이따금 내 손길도 받는다. 앞면은 일그러진 보살상이고 뒷면은 어딘가 기분이 언짢은 여인의 상이지만 이리 보나 저리 보나 거부감보다 친밀감을 느끼게 한다. 미석美石이 아니지만 그 많은 돌 중의 하나가 나와 같은 시공간에서 그 많은 사람들 중의 한사람처럼 동고동락하며 지내게 된 것이다. 선악을 떠나 나는 돌의 운명에 관여했다.

전형근이 돌 사진을 찍으러 다닌다는 것을 여러 해 전부터 알고는 있었다. 나는 자연을 배경으로 자연 속에 놓여 있는 돌을 찍는 줄 알았는데 작품을 보고 내 예상이 여지없이 빗나갔음을 알았다. 그는 돌에 온기 어린 시선만을 준 것이 아니라 돌에 손길을 보듬어 자신의 체온을 나누어주었다는 것을 알게 되었다. 그뿐이 아니다. 돌마다 지닌 살결과 표정, 언어를 드러냈으며 돌에도 각자 고유의 시선이 있고 체온이 흐른다는 것을 조용히 주장하는 것 같았다. 전형근은 사진을 통해, 사진 속에서 돌과 순간적으로 '접속'한 게 아니라 오래 '접촉'했다. 비록 이목구비가 사람처럼 갖춰져 있지는 않지만 저 '얼굴 없는 돌의 얼굴'과 마주하면 돌과 인간의 감정 교류가

180

ⓒ 전형근

확산되고 있다는 유대감을 떨쳐 버리기 쉽지 않다. 어떤 돌은 생로병사와 희로애락을 겪고도 겪은 노인의 얼굴을 하고 있고 어떤 돌은 가까이 하고 싶었지만 가까이 할 수 없었던 여인의 형상을 하고 있다. 또 어떤 돌은 내 이웃의 평범한 아낙을 연상케 하고 무뚝뚝하지만 심성 고운 사내의 모습을 하고 있다. 그뿐이겠는가. 돌 우주선, 돌 잠수함, 팥이 숭숭 들어간 돌찐빵, 깨를 입힌 돌과자 등 그 형상도 각양각색이다. 또 어떤 돌은 물이 흐른 흔적을 고스란히 간직한 행성과 하나 다르지 않다. 게다가 저 돌의 우둘투둘한 표면은 화가 박수근이 화면에서 구현한 화강암 질감과 닮았지 않은가. 예술은 멀리 있지 않다. 발부리에 채는 돌만큼 가까이 있다. 전형근은 저 자연 속의 돌을 인간의 나라로 데려와 돌마다 지닌 개성에 인간의 온기를 더해 인간의 사랑을 받을 수 있도록 작업했다. 돌을 집어 한 입 두 입 뜯어먹고 싶은 욕구와 더불어 아예 저 돌 속으로 들어가 살고 싶은 충동을 느끼도록 했다. 그러니 돌을 그저 단단한 광물덩어리라 단정 짓는 건 극히 인간적인 해석일 것이다. 누가 돌을 무생물이라 하는가. 전형근이 사진 속에서 구현한 돌은 생물이다. 그는 돌과 지속적으로 교류했으며 유구한 시간 속을 뒹군 돌을 피가 돌고 숨 쉬는 돌로 환생시켰다. 자, 돌과 사랑할 시간이다.

ⓒ전형근

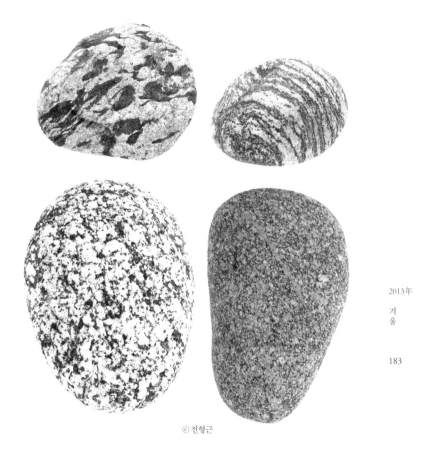

© 전형근

1월 10일 목

살지 않았는데 문장이 온다.

그 문장을 살러 간다.

살지 않았는데 시가 온다.

그 시를 살러 간다.

세상에 그냥 오는 것은 없다.

산 만큼 쓰거나

살아낸 만큼 쓰거나

살아 있는 만큼 쓰거나

살아낼 만큼 쓰거나

살 수 없는 것까지 쓰거나.

1월 11일 금

　나는 파괴되었다.

　지금도 진행형.

　지난 5년간 예민과 과민 상태로, 걸핏하면 분노와 고압 상태로 자주 나는 내 일상을 파괴했고 망쳤다. 내가 나를 훼방 놓았고 어떨 땐 아예 대놓고 생을 까먹었다. 하지만 내가 파괴되는 그 순간에도 생성의 말을 포기하지 않았고, 나는 여러 번 무너지면서도 이승을 향해 고개 돌리는 것을 그만두지 않았다.

2013年
겨
울

185

1월 12일 토

　막 일어나려는 잠자리에서 들었던, 골을 타종하듯 까악―깍 울리는 한 줄기 섬광 같은 까마귀 울음소리.

　기상 음악치곤 그만이었다.

1월 20일 일

　내 어머니는 독실한 불교신자. 성경족들을 내켜 하지 않는다. 어릴 적부터 "아들아, 넌 절에 가야 한다" 곧잘 그러셨다. 딱히 이유를 댈 순 없었지만 내겐 교회든 절이든 생래적으로 맞지 않았고 거부감 그 자체였다. 목사도 중도, 그들이 하는 말도 내게 심한 저항감을 불러일으켰다. 지금도 절간보다 절간까지 천천히 걸어 들어가는 길을 좋아하고, 교회보다 교회 옆에 서 있는 나무와 그 나무 밑 벤치를 더 좋아하고 말고다. 나는 기분이 꿀꿀할 때면 재래시장 골목을 아무 목적 없이 걷곤 했다. 그곳이야말로 살아 움직이는 교회고 절간이었다. 따로 재고할 것도 없이 내 발바닥 위가 교회고 절이고, 내 발바닥 밑이 성경이고 불경이다. 발부리에 채는 돌멩이가 신이고 풀 한 포기가 엄연한 나의 신이다. 아침부터 짹짹거리는 저 작은 새 지저귀는 소리는 더 말해 뭐 하랴. 한 그루 나무에서 나는 모든 걸 보고 들었고 아무것도 보고 듣지 못했다. 하루는 메일에 '요셉 박'이라는 이름이 뜨기에, '이게 뭐냐?' 싶었다. 바로 밑 아우는 어느덧 독실한 기독교 신자가 되어 있었다.

　　불교가 일어난 인도에 갈 적에도 철저하게 종교를 거부했다. 절에 가서도 손 한 번 모으지 않았다. 신의 존재를 믿지 않았기 때문이 아니다. 권위

와 정치에 물든 것들을 모조리 혐오하는 내 눈에는 종교도 또 다른 권위로
밖에 보이지 않았다.

그런 내가 신불 앞에서 자연스럽게 손을 모으게 된 것은 어머니가 돌아
가신 뒤부터다.

—후지와라 신야, 『아무것도 바라지 않는 기도』(장은선 옮김) 중에서

2월 2일 토

　과거 없이는 현재도 없고 미래 역시 없다. 우리는 어제에서 태어나 어제일 오늘과 오늘일 내일로 살러/죽으러 간다. '화해'라는 말을 스스럼없이 입에 담는 자나 세력은 가해자(죄인)거나 가해의 역사를 가진 자들이고, 그렇게 말하는 것 자체가 지금도 죄를 짓는 2차 가해인 것이다. 꿈에서라도 '화해라는 이름의 폭력'에 놀아나서는 안 된다. 피해자는 죽을 때까지 피해의 기억에서 자유로울 수 없다. '화해'라는 말을 함부로 입에 담아서는 안 되는 절대 이유가 거기에 있다.

2013年
겨
울

189

2월 4일 월

헤어지고 와서

해가 갈수록

그리운 그대

이시가리石狩 시외에 있는

그대의 집

사과나무 꽃이 떨어졌으리라

긴긴 편지

삼 년 동안 세 번 오다

내가 쓴 것은 네 번이었으리

―이시카와 타쿠보쿠, 「노래」 (피천득 옮김) 전문

편지를 보냈는데 답장으로 전화가 온다.

물론 감감무소식일 때가 더 많다.

편지를 보냈는데 편지 대신 메일이 온다.

물론 메일조차 안 올 때가 더 많다.

시집을 보냈더니 엽서를 보내준 시인이 있었다.

물론 대부분은 콧방귀조차 없었다.

내가 쓴 편지가 늘 답장보다 많았다는 불변의 사실.

내가 쓴 것은 사백 번이었으리.

2013年

겨
울

2월 10일 일

설날.

아내와 딸은 설 쇠러 갔고, 나는 여기에 남아 강릉을 생각했다.

－너 어느 대학 갈 거니?

－바둑 같은 건 대학 가고 둬라.

－너 군대는 언제 갈 거니?

－너 왜 복학 안 하니?

－재수해라.

－너가 졸업하긴 하는구나.

－너 왜 직장 안 가니?

－너 왜 결혼 안 하니? 여자 얼굴 뜯어 먹고 살려고 그러나? 수수하면 되지.

내가 강릉서 살 때, 강릉 가면 들어야 했던 얘기. 그래서 그랬나. 정이 안 들던 강릉. 빨리 대관령을 넘어 도망치고 싶어 했지. 그랬던 강릉이 이제는 삼삼하게 눈에 밟힌다. 내가 젊은날 걷던 그 거리, 그 골목, 그 술집들 말이야. 그래도 심장에 넣어 두고 꺼내 보는 나의 바다는 사천진 앞바다. 화사한 어느 봄날, 강릉에서 주문진으로 가는 시내버스를 타고 가다 7번국도(시천중학교 정류소)에서 내려 사천항 방파제까지 걸어가리라.

눈물이 나도록 낯익고, 정맥까지 낯익고,

어린 시절 부어오른 편도선까지 낯익은 내 도시로 돌아왔다

—오시프 만델슈탐, 「레닌그라드」 (조주관 옮김) 중에서

2013年
겨
울

법치주의?

빨아먹고 붙어먹을 이 돈치주의/권치주의 세상.

무색하다 法(水+去)이여.

코에 걸면 코걸이, 귀에 걸면 귀고리 법이여.

*

내가 직접 당해 보지 않고선 억울한 자의 피부 속으로 여행할
수 없다.

위로 없는 세계.

위로받을 수 없는 세계.

2월 17일 일

　며칠 전부터 허리가 안 좋다. 이번 겨울은 눈 많고 춥고 길다. 미끄러운 길 걷다 다치면 내 고생, 가족 고생이니 되도록 운신하지 않는 쪽을 택했다. 그러다 보니 운동 부족으로 허리가 안 좋아진 것이다. 부드러운 눈 밑에 깔린 얼음은 공포다. 얼음은 말할 것도 없고 눈 위에 넘어져도 안전을 장담하기 어려우니 내 몸이 내 마음을 염려하는 지경이 된 것이다. 이십대 초인 1983년 겨울이었나. 꽝꽝 언 강릉 경포호에서 팔꿈치와 엉덩이로 충격을 견디며 빙상 축구하던 날이 기이하게만 느껴진다.

3월 1일 금

심란을 견디며 근근이 봄으로 간다. 이번 겨울은 길고 지겹기까지 했지만 삼월은 삼월이다. 바람의 결이 다르다. 삼월은 병적인 계절이다. 나는 삼월에 태어났다. 지난 아흐레 동안 고압 상태였다. 그중 삼일은 심각했다. 민감, 예민, 과민, 분노, 화… 해마다 11월과 2월이면 나의 병적인 감정은 기세등등했다. 끝을 보려는 짐승처럼 내가 나를 물고 늘어졌다. 한 생각을 끊지 못했다. 벗어나려 하면 할수록, 저항하지 않으려 하면 할수록 한 생각은 백 생각, 천 생각처럼 더 기승을 부렸다. 그나마 불면증이 없어서 견뎠지 그렇지 않았다면 벌써 KO 됐을 것이다.

도대체 과거는 없어지지 않는다.
어떻게 과거를 버린단 말인가.
어떻게 과거 없이 여기로 왔겠는가.
내가 왜 지금 이 순간을 그토록 말하는가.

196

나의 존엄을 방어하지 못했다는 자책과 함께 상처 준 일들이 잊을 새 없이 현재를 강타한다.
미래조차 서럽기까지 하다.

나는 나만의 뇌질환자다.

읽기, 쓰기, 걷기, 뛰기. 그게 구원이다.

내 삶을 번역하고 반역한다. 그게 창작이다.

가끔 나를 확 불 질러 태워버리고 싶은 건 내가 쓴 시가 도통
절박하지 않다는 한 가지 이유 때문이다.

절박하지 않으면 새로움도 없다.

죽음을 동원해서라도 나를 갈아엎는다.

2013年
봄

3월 9일 토

　진돗개와 풍산개 혈통의 백구 수컷 강아지를 데려왔다. 춘천서 살고 있는 지인이 잘 키워보라며 흔쾌히 건넸다. 나는 동물 집에 들이는 걸 내켜 하지 않는 사람인데 딸과 아내의 성화에 내가 졌다. 1970년대 초 강릉 교산蛟山서 살 때 집에서 기르던 똥개 이후 처음이다. 1월 20일생. 개 이름은 '동동이'. 딸이 작명하고 아내가 동의하자 그걸로 끝이었다. 내 개인사와 가족사에 역사적인 날이다. 식구가 새로 생겼으니 이젠 주말 외에는 바깥 나들이조차 어려워졌다.

3월 12일 화

앞으로 십 년.

다시 십 년.

내가 쓸 글 다 쓰고,

좋은 술에 좋은 음악이나 듣고

채마밭 가꾸고

글 같은 거 쓰지 말고

남이 써 놓은 좋은 글이나

읽다 죽으면 좋겠다.

내 문학 인생에서 결정적인 시기가 도래하고 있다.

*

-소설의 첫 문장을 읽자마자 소설이 끝났다.

-소설의 첫 문장만 읽어도 끝까지 읽을지 말지 판가름난다.

-첫 문장에 모든 걸 걸어야 한다.

-진정한 소설은 처음부터 끝까지 첫 문장밖에 없다. 매 문장이 첫 문장이므로 매 문장마다 모든 걸 걸어야 한다. 매 문장마다 죽어야 한다.

-이렇게 흔해빠진 작가들 세상에서 살게 될지 예상이나 했겠는가.

2013年
봄

199

3월 13일 수

　한 번 제대로 미쳐보지도 못하고 인생을 나날이 알뜰하게 까먹는다. 미쳐서 글을 제대로 쓸 수 있을까 싶다만, 미치지 않고 쓴 글을 무슨 낙으로 읽나. 조부모와 살던 어린 날, 세숫물을 많이 쓰면 "그 물 저승 가 다 먹어야 한다"고 조모가 그러셨다. 물 아끼라는 말이었겠지만 수십 년이 지나 마치 물이 생성하듯 떠오른다. 함부로 말/글 남발해 세상에 던져 놓으면 그 쓰레기 누가 먹나. 피를 짜듯, 시간을 목 조르듯 한 문장, 한 문장에 최악을 다한다.

4월 9일 화

　김현균의 번역으로 일부 접했던 파블로 네루다 시집 『질문의 책』(정현종 옮김)을 읽었다.

　탐이 나서 도둑질이라도 하고 싶은 시집.

　파블로 네루다만이 먼저 쓸 수 있는 시집.

　흉내 낸답시고 즉석에서 써 본,

파블로 네루다에게

네 시집을 읽는

내 눈물을 칠레는 알까?

발파라이소에 내리는 저녁 비는

언제 동해를 다녀갔지?

2013年
봄

201

사랑은 하나가 되는 돌덩어리일까

둘을 구현하는 날개일까?

왜 내가 되는 게

내가 옳다는 것만큼 싫은 걸까?

4월 16일 화

나는 의심한다, 고로 존재한다.

나는 너(국가/종교/광고/이데올로기/이웃/입술)를 의심하고, 의심하기 전에 나를 의심한다, 고로 생존한다.

화창한 봄날 같은 소리 하지 마라.

바람 드세고 심란타.

J. M. 쿳시의 『추락』(왕은철 옮김)을 읽기 시작했다. 첫 문장을 읽는 순간,

"그는 이혼까지 한, 쉰둘의, 남자치고는, 자신이 섹스 문제를 잘 해결해 왔다고 생각한다."

끝났다. 이 소설을 끝까지 읽을 수밖에 없을 것이다.

4월 18일 목

개를 키우기 시작한 지 40일이 지났다. 쉬운 일이 아니다. 머리 뚜껑이 서너 차례 열렸다. 내가 개가 되는 게, 개의 처지와 입장이 되는 게 갓난애의 처지와 입장이 되는 것과 다를 게 없다. 그 와중에 친화력이 생기는 것도 어쩔 수 없다. 친화력은 무슨? 情이다.

'나는 타자다'라는 말을 '나는 삼라만상이다'라고 번역한다. 나는 개고 나는 돌멩이고 나는 애기똥풀이고 나는 돌개바람이다. 하지만 인간은 '나'에 갇혀 살다 '나'로 죽는다. 한둘만 빼고. 함부로 타자/우리 지껄이지 마라. 토할 것 같다. 함부로 국민/시민/주민 지껄이지 마라. 욕 나온다. 특히 "우리 같은 마을 주민이니 잘 해결하죠"라고 지껄이는 것들. 불리할 때는 한마을 주민이고 그렇지 않을 땐 외지인이지. 함부로 동일시하지 마라. 총 들고 싶다. 그 모든 이율배반들. '나는 타자'니 '나는 너'니 그런 낯 뜨거운 소리 하지 않겠다. 차라리,

"나는 복수다."

2013年
봄

4월 24일 수

버티칼을 닫았다 열었다 하는 동안 봄비가 꽃비로 흩어졌다.

고압. 정적.

아직도 야밤에 술 취해 전화에 대고 지 얘기 들어 달라는 인간
이 있다.

징징대지 마라.

난들 그러고 싶지 않은 줄 아나.

설불리 하나가 되기보다 둘을 도약하는 고도(낭떠러지)가 되
리라.

유려한 문장보다 헐벗은 문장이 더 끌린다.

수식을 극도로 삼간 벌거숭이 문장들이 가하는 압력.

진술만으로 진실이 되는 詩.

봄바람이
유리 속까지 파고든다오.
이 황량한 봄바람이
지구의 무기력을 다 몰아와 내 육신에 도배해도
나는 새싹처럼 생성할거요.
하늘 가득 봄바람이 미쳐 날뛰어요.
사타구니에서 날개가 돋아요.
나는 특별휴가 나온 사람처럼
봄을 걸어가요.

5월 3일 금

　동동이는 아침부터 거실 방충망을 물어뜯어 야작을 냈다. 생후 백 일이 지났는데도 잘 짖지 않는 동동이. 나는 그게 맘에 들지만 살짝 염려가 되기도 한다. 우리 집 개가 오 분 이상 짖으면 한밤중이든 대낮이든 반드시 나가 봐야 한다. 우리 집뿐만 아니라 이웃집도 그렇게 해주길 바란다. 그렇지 않다면 그 개의 그 개 주인 개떼끼 소리밖에 더 들겠나. 남의 수면을 방해하는 건 아무리 좋게 봐도 범죄 행위다. 그렇다고 내 영역으로 접근하는 외부에 대해 짖지도 않고 묵성으로 일관한다면 '뭔가 이건 아니다' 싶은 거다. 도통 짖지 않던 그런 녀석이 어느 밤이었나. 이상한 소리가 나기에 거실 유리창으로 내다봤더니 우─늑대 울음소리howling를 내고 있는 게 아닌가. 오밤중에 아우─하는 그 소리가 얼마나 좋았던지 내 오염된 골을 청소하듯 훑어 내리는 것 같았다. 발 밑의 얼음이 갈라지듯이 기분이 쩡쩡거렸다.

5월 5일 일

    Y. H야, 너는 꿈에서라도 작시법의 시인은 되지 마라. L이나 K 나 L이나 O나 H나 K 같은 시작법의 시인은 되지 마라. 그리고 그런 시 해설 종사자들의 글 역시 거들떠보지도 마라. 해롭다. 해롭기 전에 메스껍다. 그리고 지금까지 쓴 너의 글이 무효가 되도록 다음 글을 향해 살아라.

2013年

봄

6월 3일 월

　'주체' '타자' '라캉' '들뢰즈'… 를 언급하지 않으면 글이 안 되는 족속들을 뭐라 이름 붙일까. '주타라들族'이라 부를까. 그러는 나도 질 들뢰즈의 『프루스트와 기호들』(서동욱 · 이충민 옮김)을 여러 날째 읽고 있다. 읽는 시늉을 한다. 질린다. 약간 들린다. 질리는 게 들리는 게다. 넝기리.

　무릎이 안 좋으니 본전 생각난다.

　내 무릎은 27사단에서 혹사당했다.

　지난해까지만 해도 수시로 가던 운길산雲吉山행을 올 들어 완전 접었다. 아무리 아니라고 부정해도 국가주의에 물들고 길든 폐해가 뼛속까지 내장돼 있다. 우울증 환자가 '나는 내일 아침부터는 우울하게 살지 않겠다' 결의를 다진다 해서 그렇게 되지 않는 것처럼 이 망령은 떨쳐버린다고 해서 떨쳐지는 게 아니다. 국가주의(국익)를 내세우며 가장 이득(사익)을 보는 세력은 누구일까.

　국가주의에서 벗어나는 길은?

　하루하루 다른 듯하지만 같은 하루와 같은 듯하지만 다른 하루 속에서 어떻게 어제와 결별한 오늘을 발명하지?

6월 26일 수

나를 지배하는 것 중에 술이 있다.

나는 금욕주의자가 아니다.

나를 지배하는 열 가지: 여자, 시, 인간, 양심, 국가, 분노, 동해,
… 술.

나는 나를 지배하는 것들에 속절없이 대책 없이 지배당했지
지배해본 역사가 없다.

*

이 세상에는 술 생각 나게 하는 시집과 그렇지 않은 두 종류의
시집이 있다. 리 산 시집『쓸모없는 노력의 박물관』을 읽다「최
고 타입의 구식으로 빚은 술이나 한잔」이라는 시를 접했을 땐 머
리카락에서 발톱까지 온통 술 생각뿐이었다. 이럴 땐 어떻게 해
야 하나, 사람아.

오 분 전의 배가 오 분 후의 바다를 표류하네

설탕을 넣지 않은 술을 마시며 끄덕끄덕 고개를 끄덕이는 밤이네

떠나기 전에 수평선을 다 넘기 전에, 오 분간만 더

최고 타입의 구식으로 빚은 술이나 한잔 더

　　　　　—리 산, 「최고 타입의 구식으로 빚은 술이나 한잔」 중에서

7월 8일 월

학벌 문신 사회.

내가 다니던 직장에 K국장이 새로 부임했다. 그는 S대 사회학과 출신이었다. 면담할 때 그가 물었던 말. "K대학교(내가 졸업한)가 어디 있지?" 기분 나쁘지 않았다.

언제였나. 티브이에 나온 이 땅의 한 애비는 "내 아들이 S대만 가면 뭐든 하겠다"고 한 점 부끄럼 없이 내뱉고 있었다. 나는 그 말이 꼭 "내 아들이 S대만 가면 마누라 거시기도 팔 수 있다"는 말처럼 들렸다.

C사장은 되도록 S대 교수를 필진으로 쓰길 원했다. 은연중 압박했다. 그걸 몹시 못마땅해 하던 J부장 입에서 나온 말. "S대 교수라고 글 잘 쓰나?" 실제 내가 교정보면서 읽은 S대 어떤 교수들의 글들은 그냥 글 쓰레기였다.

아버지가 어느 날 내게 들으라고 말했다. "그래, 아들이 넷이나 있는데 S대 가는 너석도 하나 없나!" 기분 나쁘지 않았다. 나쁠게 없었다.

음악다방에서 잔뼈가 굵은 선배 디스크자키 J는 ×××방송국 음악프로에서 잘렸다. "재수 없게 고교 중퇴한 놈이 방송국에 들락거려!" 나는 배꼽 안 잡고 한참을 웃었다. 고교 중퇴한 거 하고 음악프로 진행하는 거 하고 대체 뭔 상관이지.

문신이 어디 학벌뿐이던가.

우리들 몸에 각인되고 마음에 아로새겨진 서열과 차별 의식.

꿈에서도 자유롭지 못하리.

제 마음을 사로잡는 일에 아버지는 거의 아무런 감동도 못 받으셨고 그것은 거꾸로 말할 수도 있을 겁니다. 아버지한테는 죄가 안 되는 일이 저한테는 죄가 될 수 있고 반대의 경우도 역시 성립됩니다. 아버지한테는 아무렇지도 않은 일이 저한테는 섬뜩한 관 뚜껑이 될 수도 있습니다.

　　　　—프란츠 카프카, 『아버지에게 드리는 편지』(이재황 옮김) 중에서

　파발이 왔다. 대관령을 넘었다. 나의 동쪽 사람들과 밤새도록 술 마시고 노래하고 춤추며 놀았다. 마치 음주가무에 굶주린 동물들처럼.

7월 24일 수

비. 비. 비.

이렇게 비 오는 날이면 바깥 일 접고 뱀처럼 웅크리고 시를 써요.

시이를.

장마에는 엉덩이 파묻은 돌처럼 틀어박혀 시를 써요.

시이를.

*

UFC 선수 정찬성. 지난해 그의 경기를 보고 홀딱 반했다. 그는 물 흐르듯 싸운다. 격투기 老子. 그가 8월 초 극강의 챔피언 조제 알도(브라질)와 UFC 페더급 타이틀전을 치른다. 지난달 타이틀전 소식이 전해졌을 때 그가 SNS에 올린 글은 날 의심하게 만든다.

"심장이 입 밖으로 튀어나올 것 같다."

이 사람 시인인가.

8월 2일 금

S시인과 통화.

-결혼, 언제지.

-24일요.

-난, 예식장 가는 거 안 좋아해.

-결혼은 두 개의 갈등을 사는 거라고 생각하게.

-머리 아프지.

-머리 아파요.

직접 해보거나 겪거나 당하지 않으면 알 수 없는 것들.

8월 5일 월

　　정찬성이 어제 UFC 페더급 타이틀전에서 패했다. 오늘 오전 자신의 페이스북에 남긴 그의 글을 보고 난 또 놀란다. 알 수 없는 마력이 느껴지는 사람이다.

　"아쉽고 속상하고 허무하고 짜증나고 너무 아프고 돌아가고 싶고..그렇네요.. 그리고 미안합니다 빈손으로 돌아가게 되었어요 챔피언이 아닌 선수로 살아가게 되었어요 그리고 고맙습니다 진심으로 정말 많은 응원을 들을 수 있었습니다 좋은 선수 좋은 사람으로 남겠습니다. 감사합니다."

8월 19일 월

　저녁 외식 자리에서 딸아이가 불쑥 "아빠는 너무 심각해!" 그런다. 내가 자주 심각한 표정으로 앉아 있으니 얼굴 좀 풀라는 말이겠다. 응한답시고 "그럼, 내가 태어난 곳에서 북쪽으로 2백 킬로미터도 맘대로 못 올라 가는 나라에 사는데 안 심각하냐" 했더니 옆에서 그대가 웃는다.

　지금은 없어진 경포역.
　흐린 날이면 기적 소리가 내 살던 사천진 바닷가까지 아득하게 밀려왔다.
　부산에서 출발한 기차가 강릉으로, 원산으로, 청진으로, 블라디보스토크로, 모스크바로, 유럽의 끝으로, 지도를 보던 어린 시절부터 내 뇌리 한구석에서 달린다.
　이것은 원이다.
　살아 있는 동안 이 원이 풀릴까.

　　바람은 딴 데에서 오고
　　구원은 예기치 않은 순간에 오고

　　　　　　ㅡ김수영, 「절망」 중에서

218

8월 21일 수

　서울 나들이. 사진작가 겸 번역가인 김문호 선생님 사진전
《SHADOW》오프닝 및 출판기념회에 갔다.
　방명록에 한 줄 썼다.

　이승의 그림자를 영접하자 피안이 흔들리다

이 순간을 기억한다.

이 순간을 추억한다.

이 순간을 감정한다.

ⓒ 김문호

서로를 파괴하는 것도 인간의 문법.
서로를 격려하는 것도 인간의 문법.

이번 생에 날개 달지 못한다면
저승 내내 어두우리.

여름 나기. 열대야의 날들이 꼬리를 내렸으나 아직 뿌리가 뽑힌 것은 아니다. 지난밤에도 선풍기 바람을 너무 쐰 탓인지 엊그제에 이어 약간의 어지럼증이 일었다. 시원찮은 선풍기에 의지해 땀 범벅된 얇은 매트리스 위를 옮겨 누우며 급기야 뒤집어 가며 밤을 지내던 1994년 서울의 여름은 더럽게 더웠다. 어서 밤이 지나고 에어컨이 가동되는 회사 가야지 했을 정도니, 다니던 직장을 언제 때려치울까 하루도 빠지지 않고 생각했던 걸 생각하면 별일이었다. 열대야에 고장 난 선풍기 앞에서 부채 부쳐가며 시를 쓰겠다고 덤비던 인간. 고장 난 인간. 나도 어쩌지 못하는 시간에 던져져 무연히 허공을 핥는 들짐승처럼 그 무덥던 여름밤에 한 문장을 쓰고, 그 문장이 첫 문장이고, 첫 문장 이후의 또 한 문장을 쓰려는 욕망은 끈적거리는 시간과 자꾸 쪼개지는 일상 속에서 자주 힘을 잃었다. 애시당초 내가 기획한 글쓰기는 실전에서 아무 도움이 되지 않았다. 그렇다고 기획을 멈출 수도 없는 노릇이었다. 그 와중에 한 줄기 선선한 바람이 내 몸에 가을을 그었다.

224

8월 29일 목

동동이 짖는 소리에 깨니 밤 1시 30분이었다. 나가 보니 앞집 음식물 쓰레기봉투에 검은 고양이가 어른거렸다. 어린 고양이였는데 쫓아도 그때뿐이니 동동이는 짖고, 나는 쫓고, 고양이는 살금살금 다가오고, 집 안팎을 들락날락하다 아예 현관 앞 의자에 앉아 지키며 두 시간 동안을 그렇게 보냈다. 그러는 데는 그만한 이유가 있다. '그래, 밤에 개가 저 정도 짖을 수 있지' 사람마다 상식적으로 납득할 만한 허용치가 있다. 그 도를 넘어서면 무슨 수를 내야 한다. 특히 심야의 개 짖는 소리는 층간소음만큼이나 사람 돌게 하고 심지어 살인충동까지 불러일으킨다. 식물들이야 시끄럽지 않으니 그렇다 치고 동물들하고 잘 사는 건 또 다른 경지다. 사람하고 잘 살기도 이리 어려운데 이래저래 번뇌다. 그런데 새벽녘 밖에서 뭔가 부산하게 움직이는 소리가 들려 거실 유리창으로 내다봤더니 신문배달원이 경중경중 뛰는 동동이와 장난치고 있는 게 아닌가. 밤이 그냥 이루어지지 않는다.

9월 25일 수

저녁 산책길이었다. 옛 중앙선 철길 옆 한 자그만 민가 옆에는 스무 평이 안 돼 보이는 텃밭이 딸려 있었고 거기엔 포도나무 서너 그루와 복숭아나무 서너 그루가 두 줄로 가지런히 서서 빛 좋은 가을 노을을 몸에 두르고 있었다. 포도나무에 아직도 여남은 개 포도송이가 매달려 있어 눈길이 갔는데, 그 앞 야트막한 울타리에 작은 경고문이 붙어 있었다.

정성스레 가꾼 복숭아
도둑질한 나쁜 X
앞으로 걸렸다간
절대 용서 안해‼
그 손가락도...

– 정성스레 가꾼 복숭아 주인

226

중학교 1학년 가을 이맘때로 기억한다. 동네 선후배 서넛이서 포도 서리를 하기로 작당했다. 그 호기롭던 선배들조차 막상 과수원에 다다르자 다들 들어가길 꺼려했다. 나는 겁 많은 소년이었지만 가끔 겁대가리를 상실한 소년이기도 했다. 수확이 거의 끝난 과수원에는 띄엄띄엄 포도송이가 매달려 있었고 포도를 따기 위해선 전지가위나 하다못해 연필 깎는 칼이라도 있어야 한다는 걸 그때 알았다. 도통 잘 끊어지지 않던 포도송이를 떼 내려다보니 알갱이가 터지고 과즙이 손가락으로 흘러내렸다. 겨우 두 송이를 들고나와 먹던 그 끝물 포도 맛은 혼을 빼놓을 만한 것이었다. 오늘 저 '정성스레 가꾼 복숭아 주인'의 경고문과 그 옛날 그 맛 났던 구월의 하루가 뜻하지 않게 겹쳤다.

2013年
가
을

10월 2일 수

밤 2시에 깨어 밀린 설거지를 했다. 녹차 마시면서 파스칼 키냐르의 『세상의 모든 아침』(류재화 옮김)을 아침이 밝아올 때까지 읽었다. 안개 낀 어스름이 눈에 닿았고 온몸이 이 아침에 반응했다.

파도의 시절이 있었다.
아침마다 맞았던 동해의 날고 뛰고 숨 고르던 파도는 아직도 생물처럼 손아귀에서 파닥거렸다.
그 옛날이 지금에 벌어졌다.

밤새 시를 쓰다 맞던 박명과 밤새 술 먹다 맞던 여명은 우열을 가리기 어려운 환희였다.

하루 내내 햇살이 맑고 고와서 살이 떨렸다.
나는 그 햇살을 온몸으로 먹으며 지금이 아닌 곳으로 갔다.

빛이 친지를 깄다.

몸이 드높았다.

인생이었다.

오늘 날씨는 일생 동안 오늘에만 있는 날씨였고, 오늘을 놓쳐 버리면 맛볼 수 없는 요염한 날씨였다.

시간이 샜다.

수수꽃다리 흰 꽃이 바랬다.

유일무이한 시간이 새나가는 걸 막 피기 시작한 노란 국화 앞에서 물끄러미 지켜봤다.

담배 생각 접고

한 줄, 두 줄, 세 줄의 글을 써나가기 시작했다.

술 생각 접고

한 문장, 두 문장, 그 이상의 문장을 구하러 떠났다.

10월 3일 목

언제부턴가 사람들 입에서 "누구 작품이 어떻다"는 말은, "누구 책이 몇 권 팔렸대"와 "누구 책이 어느 출판사에서 나왔대" 같은 말로 바뀌었다. 지난번 시집과 관련해 여러 사람으로부터 들었던 말. "네가 왜 거기서 시집을 내나?" 작품을 들여다볼 생각은 않고 출판사 서열이나 매기고 자빠졌는 쉬인들.

청어가시 같은 녀석.
세 평짜리 영혼.
고개를 빳빳이 세운 핏방울.
돌아올 수 없는 정액.

10월 8일 화

　　J에게

　　저녁 9시나 10시쯤 잠들고 밤 2시나 3시쯤 일어나 글을 쓰거
나 읽거나 하며 지내네. 사실은 그 시간에 오줌 누려 일어나지.
두세 시간만 더 자면 좋은데 그 시간이 내 일 하기 좋은 시간이
도 해서 잠을 깎아서라도 글을 쓰려고 하지. 지난밤엔 모기에 물
려 그까짓 모기를 잡겠다고 성질을 부리며 일어나 앉았지만 모기
는 모기 소리만큼이나 보이지 않고, 어쩜 가을비가 그렇게나 촉
촉하게 도착하는지 한참을 지켜봤다. 지난밤 가을비는 이맘때 내
리던 비와는 다른 비였어. 따스하기까지 했다. 내 인생에서는 추
적추적 내리던 봄비가 늘 더 잔인하고 스산했다. 저녁에 보낸 네
글을 새벽에 읽었다.

　"어쩜 시도 때도 없이 파고드는
　어떤 감정을 잘 돌보는 것
　그리고 피하지 않고 받아 적는 것"

　　그 "어띤 감정"을 '말의 엄마'나 '말의 누이' '말의 언니' '말의
색시'들이 잘 돌보고 잘 받아 적지. 요즘 젊은 시인들의 시를 재

있게 보고 있다. 나하고 다르게 말하고 너처럼 너의 문법을 쓰니까 그렇다. 날 잡아 시집을 구해 제대로 읽으려 하네.

독자는 나중이고
오직 나만의 시를 쓰는 게 독자를 향한 길.
독자가 원하는 글을 한사코 거부하고
독자의 염장을 지르고
독자의 비위를 거스르고
독자의 불편을 배가시키고
독자의 뒤통수를 갈기고
독자를 물 먹이고
독자를 고문하는 시를,
그런 글을.

2013年
가
을

술 먹은 지 한 달이 다 되어 가네. 술도 먹긴 먹어야지. 하지만 지금은 술 먹는 시간을 구해 글을 돌보고 도망가지 못하게 잡아야 할 시간.

기다리네.

심연을 파고드는 십일월 비를.

바닥을 치는 비를.

11월 2일 토

　인간은 말의 노예다. 말 한마디에 인간관계의 지형이 흔들리고, 한 문장에 목숨이 왔다 갔다 하고, 말 한마디가 세상을 들었다 놓는다. 괴벨스("나에게 한 문장만 달라. 누구든 범죄자로 만들 수 있다")를 보라. 그런 반면 힘없는 네(너희들)가 아무리 떠들고 울부짖어도 강자는 약자의 말을 새기지 않거나 나쁘게 새기거나 초지일관 무관심으로 일관하기 십상이다. 말의 위기가 인간의 위기고 인간의 위기가 세계의 위기다.

　2000년대 초 〈한국일보〉에 「11월」이란 짧은 시를 발표한 기억이 새삼 솟구친 건, 당시 신문을 찾아 토씨 하나까지 확인해 보지 않았으나 그때 발표한 시가 온라인 상에 떠돌고 있는 것을 접한 까닭이다. 그것들조차 문장부호와 조사 '의'가 있거나 없거나 제각각이다. 시집 『견자』에 실려 있는 「11월」은 신문에 발표한 시를 손 본 시다. 지금 대조해 보니 기분이 묘하다. 토씨 하나에도 시의 성격이 바뀌고 아예 시에 망조亡兆가 들 수 있어 나도 토씨 하나 때문에 고민한다. 그래서 말을 글로 쓰면서 머리보다 내 몸이 어떻게 말하려 하는지 읽어보고 또 읽어본다. 나는 아직도 '는'(은)과 '이'(가), '의'와 '에' 앞에서 주저하고 망설이고 헤매고

2013年
가
을

235

좌절한다. 어디 그것뿐이겠는가.

「11월」   「11월」

한 그루의 나무에서   한 그루 나무에서
만 그루 잎이 살았다   만 그루 잎이 살았습니다

내년에도   내년에도
내후년에도   내후년에도

인간에게는 있을 수   인간을 좋아하는 일이
없는 일이다   가장 힘들었습니다
　　―온라인 상   　　―『견자』

11월 3일 일

어제 내린 십일월 비는 가랑잎에 묻은 여우 오줌 같아서 기별이 박했다. 그 발자취가 오전까지 희끄무레한 연무 형태로 서성거렸으나 오후 들어 그마저도 연약한 햇살에게 남아 있는 자신의 습기를 모두 내주고 말았다.

에드워드 호퍼(1882-1967)란 생면부지의 미국 화가를 새벽에 알게 되었다.

뒤로 넘어가는 줄 알았다.

권투로 치면 연타에 이은 회심의 어퍼컷을 허용해 앞으로 고꾸라져 일어설 수 없는 것과 같은 타격을 받았다.

외식할 때도, 시장에 들러 과일을 사 배낭에 넣고 걸어서 집으로 올 때도, 텃밭에 대파를 옮겨 심을 때도, 다시 저녁이 오고, 밤 11시에 다시 듣는 빗소리에 창문을 열고 빗소리를 방 안으로 들일 때도 에드워드 호퍼가 나를 압도한 하루였다.

이런 화가를 왜 이제야 알게 되는 걸까. 그것은 너무 늦었지만 최대한 빠른 사건이 된다. 이 초면의 화가는 초장부터 나를 빛으로 찌르고, 나를 파랑빛으로 무찌르며 압력을 행사했다. 그가 그림이 아닌 시를 그가 그린 그림처럼 썼다면 나는 흠모나 존경 대신 질투 위에다 질투를 쌓았을 것이다.

물을 그리는 빛.

빛을 잡는 손.

바다를 잠 못 들게 하는 밤 파도.

인기척은 어디 있는 걸까.

하늘과 바다 사이에서 블루(Blue)를 사수하려 결사항전하는
블랙웰 섬(Blackwell's Is Land).

흰 대리석 기둥의 그림자는 검지 않고 푸르다.

블루는 나의 역사.

나는 블루의 노예.

왜 이리 이 화가에 이토록 끌리는 것일까.

이 화가의 무엇이 단박에 나를 체포한 것일까.

첫날부터 곁을 내주다 못해 사타구니를 갖다 바친 꼴이다.

에드워드 호퍼는 빈센트 반 고흐처럼 나를 지배할 것이다.

11월 7일 목

　　변호사 친구도 한 명 없이
　　의사 친구도 한 명 없이
　　짭새 동무도 하나 없이

　　지갑은 비어 있고

　　잎들이 쏟아져 하늘바다 헤엄쳐 가고, 연하디 연해진 햇살은
　그 떠나가는 잎들에 가을의 후미를 새기며 아득하게 소리쳤다.

11월 10일 일

　지난밤 내린 비가 중국서 온 먼지를 데려가자 구름 전무한 가을 하늘이 시퍼런 유리 천장에 펼쳐졌다. 쪽파 뽑으러 간 언덕배기 밭 가 두 그루 은행나무는 아직도 황금의 나라였는데 세찬 바람이 어서 떠나라고 잎들을 재촉했다. 나무를 막 떠난 잎들이 아직 떠나지 않은 잎들을 재차 채근했다. 나는 그 광경을 낯선 짐승처럼 바라봤지만 그 자리에 오래 있지는 않았다. 이동했다. 도처에서 생 감각들이 동시다발적으로 소리쳐 내 가슴은 바쁘게 빠르게 반응했다. 남한강에 이르자 서풍에 밀리는 시퍼런 물결이 덕평천과 만나는 모래톱에 작은 물결을 끌고 와 놓고 가곤 했다. 그걸 아는지 모르는지 강 언덕의 갈대가 머리채 날리며 몸부림치자 작은 새떼들이 허공을 잘게 갈라쳤다. 나뭇잎 하나, 돌멩이 하나, 모래 한 알, 숨소리 한 조각까지 빛이 파닥였다. 빛이 천지를 장악했고 나는 그 천지를 온몸으로 먹었다. 이동했다. 중미산 낙엽송 숲 마른 잎이 도로 위에 무자비로 쏟아져 내리고 산꼭대기엔 겨울빛이 이미 와 머물렀다. 나뭇잎 하나 하나마다 제 몫의 가을을 데리고 떠났거나 떠나고 있거나 떠나려 하고 있었다. 나는 온몸에 빛을 두르고 혼자서 헤맸다. 날이 너무 좋았다.

바다보다 하늘에 빠져 죽고 싶은 날씨였다.

2013年

가
을

11월 16일 토

    모 문학상 수상 작품의 아마추어리즘도 우스웠지만 그 작품을 뽑아들고 대견해 하는 심사위원들이 더 우스꽝스러웠다. 어차피 우리 사는 세상은 낯 뜨거움 같은 거 팔아넘긴 지 오래다.

11월 17일 일

　오빈-양평-청량리-신설동-성수-잠실-몽촌토성-한미사진미술관(로버트 프랭크 전)-몽촌토성-잠실-성수-신설동-청량리-양평-오빈

11월 19일 화

둔도鈍刀가 되려면 멀었다.

12월 4일 수

  '마리화나'는 말만 들어도 몽환적이고 몽롱해진다. 담배 이름을 마리화나라고 붙이면 어떨까. '코카인'이나 아님 '뽕'이라고 하던가. '디스'가 뭔가? 마약이나 대마에 손댄 적은 없으나 술에 절어 여러 날 낮인지 밤인지 영혼을 팔아넘기고 횡설수설한 적은 여러 번 된다. 술은 구원이었으나 일시적이었고 술에서 깨면 아무것도 변하지 않은 세상과 더한 지옥이 기다리고 있었다. 후회와 쓰라림과 참담함이 동시에 무차별 쏟아졌다. 이렇게 살아선 안 되겠다 수차 다짐했지만 허사였다. 형이 편지에다 완곡하게 부탁했다.

  "이제 그만 마실 때도 되지 않았나!"

  좋은 음악을 들으면 술이 나를 불렀고 술이 들어가면 음악이 나를 가만두지 않았다. 술을 마시든, 음악을 듣든, 연애를 하든, 시를 쓰든 끝을 봐야 했다. 끝을 보지 않으려면 아예 시작을 말아야 했다.

  나는 가끔 나를 송두리째 잊고 싶었다. 나의 과거와 미래까지. 내 온 감각을 방출하고 싶었다. 이 세상의 신경이란 신경은 모조리 나를 향해 달려오고, 그 신경 하나 하나를 영접하듯 내 신경이 일일이 마중 나가는 사태가 벌어지면 나를 마비시켜야 했다. 그럴 때 술과 담배와 음악에 기댔다. 밤새 퍼마시고 날이 훤히 밝았는데도 잠은커녕 대낮 내내 술귀신과 어울려 다시 날이 어두워질 때까지 마시던 날들은, 날들이 있었다.

이민 가 살아야겠다고 생각한 적 없다. 그러나 한국도 미국처럼 총기 소유를 합법적으로 허용한다면 생각을 바꿔 빨리 이민 가는 게 나을 것이다. 술과 총이 결합해 한국 땅 곳곳에서 묻지마 화풀이 활극이 벌어질 게 뻔하니 누구 총에 맞아 씨몰살 당할지 모르니까 말이다. '우 순경'의 후예들이 어디 하나 둘이겠는가. 어쩌면 내가 활극을 벌이는 장본인이 될지 누가 알겠는가. 술의 힘을 우습게 보지 마라. 한 가정쯤이 아니라 한 나라를 말아먹을 수도 있다. 그렇다고 자신의 몸과 가정과 사회에 해악을 끼칠 수도 있는 것들을 모조리 없애버리면 이 세상이 더 행복해질까. 술, 담배, 마약, 도박, 자동차, 무기 같은 게 없는 곳이 있다면 거기가 유토피아일 것이다. 역시 이 세상에 그런 곳은 없겠다.

나를 낳고 기르신 분께서 말씀하시길,

"넌 술만 안 먹으면 돼!"

"넌 술 먹으면 석 달 앓다 나온 사람 같애!"

언젠가부터 술이 겁나기 시작했는데 술의 힘으로 겁을 무마했다. 술의 유혹은 천하일색의 유혹에 뒤지지 않는다. 요즘 술 담배 안 하니 책상 앞에 엉덩이 붙이고 흰 백지에 한 줄 두 줄 글을 앉히는 시간이 늘었다.

12월 10일 화

"항상 시인일 것, 산문 한 구절조차도."

〔보들레르의 『벌거벗은 내 마음』(이건수 옮김)에서 "항상 시인일 것"은 그대로 인용. "산문 한 구절조차도"는 임의로 번역 수정〕

*

내가 잘못 알고 있나. '보들레르에 관한 글'이었는지 '보들레르 글'이었는지 "장갑 낀 악수"란 맥락의 글을 읽었던 것 같은데 기억이 불확실하다. 모조 기억인가. 파생 기억인가. 일전에 "장갑 끼고 하는 악수"라고 버젓이 내 글 어딘가에 썼으니 아는 독자가 봤으면 훔쳤다 그러겠다. 내가 의식하지 못한 채 남의 글을 도용하는 사태가 벌어질 수도 있겠다. 그렇다고 용납될 수 있나. 정신차려라.

*

보들레르 전집 완역본조차 없는 나라. 지금이 21세기인가.

*

이따금 하릴없이 지쳐, 지구를 향해

남몰래 눈물을 흘려 보내면,

잠과는 원수진 독실篤實한 시인

단백석 조각처럼 무지개빛 어른대는

이 창백한 달의 눈물 손 안에 담아,

해의 눈길 미치지 않는 가슴 속에 간직한다.

—보들레르, 「달의 눈물」(심재상 역) 중에서

2013年

겨
울

12월 11일 수

　밤새 내리지 않던 눈이 날 밝자 3센티미터쯤 내렸다. 마을 이장이 제 집 앞 눈 치우기를 당부하기 전, "아침에 눈이 소담스럽게 내렸습니다" 방송할 때 내 가슴 한 켠에 불이 켜졌다. '소담스럽게!' 얼마 만에 들어보는 말이냐. 제설작업을 끝내자 무거운 하늘을 뚫고 천지를 장악하는 장엄 서광이 일시적으로 펼쳐졌다. 끊고 있던 담배 생각이 일순간 온몸을 점거했다. 몸이 원하는 걸 맘껏 하다 죽는 삶은 어떤 삶일까. 좋은 삶일까. 담배 대신 커피를 다섯 잔 이상 마셨다. 난 이미 커피 중독자이기 전에 풍경 중독자이기 전에 삶 중독자였다.

2013年 일기에 언급한 작품들

후지와라 신야, 「아무것도 바라지 않는 기도」
『아무것도 바라지 않는 기도』 장은선 옮김, 다반, 2012
이시카와 타쿠보쿠, 「노래」『내가 사랑하는 시』 피천득 번역시집, 샘터, 2005
오시프 만델슈탐, 「레닌그라드」『아무것도 말할 필요가 없다』 조주관 옮김, 문학의숲, 2012
파블로 네루다, 『질문의 책』 정현종 옮김, 문학동네, 2013
J. M. 쿳시, 『추락』 왕은철 옮김, 동아일보사, 2011
질 들뢰즈, 『프루스트와 기호들』 서동욱·이충민 옮김, 민음사, 1997
리 산, 「최고 타입의 구식으로 빚은 술이나 한잔」『쓸모없는 노력의 박물관』, 문학동네, 2013
프란츠 카프카, 『아버지에게 드리는 편지』 이재황 옮김, 문학과지성사, 2012
김수영, 「절망」『김수영 전집 1』, 민음사, 2003
김문호, 『SHADOW』, 나우북스, 2013
파스칼 키냐르, 『세상의 모든 아침』 류재화 옮김, 문학과지성사, 2013
박용하, 「11월」『견자』, 열림원, 2007
샤를 보들레르, 『벌거벗은 내 마음』 이건수 옮김, 문학과지성사, 2001
심재상, 『노장적 시각에서 본 보들레르의 시세계』, 살림, 1995

값싼 말의 정부

　시골서 사는 거 만만치 않다. 나같이 비사교적이고 비행사적이며 남의 간섭 받는 걸 극도로 꺼리는 인간에겐 더더욱 그렇다. 이웃 사람들의 쓸데없는 참견과 되도 않는 억지 부림과 떼씀, 뒷담화로 인한 피로도 심심치 않다. 그들은 호의적으로 나오다가도 자신의 코딱지만 한 이익 문제가 걸리면 금세 태도를 바꾸고 본색을 드러낸다. 좋은 게 좋은 게 아니다. 차라리 모르고 지내는 게 더 나을 수도 있다. 놀려두고 있는 남의 땅 갖고 주인 행세하는 것은 물론이고, 그 땅 더 부쳐 먹으려고 울타리까지 치고 그것도 모자라 개구멍까지 만들어 놓고 우리집 쪽으로 들락날락하며 유세 부리기에 쌍욕과 함께 들고 일하던 삽을 날린 적도 있다. 시골뿐이겠는가. 함부로 곁을 내주거나 말 섞을 일이 아니다. 두 입만 건너면 말은 아주 다른 말이 되어 돈다. 남북으로 갈리고, 동서로 갈리고, 양극화로 갈리고, 갑을로 갈리고, 세대로 갈리고, 원주민과 외지인으로 갈리고, 두고두고 갈린 나라에서 '나는 국가의 국민이 아니고 지구의 주민이다' 같은 말과 생각은 현실에서는 즉각 허망하다.

　지난번 살던 마을에서는 이런 일이 있었다. 전셋집이었는데 천장에서 물이 샜다. 타지에 있는 집주인에게 연락했더니 '내일 갑니다' 그러곤 내일이 다 가도 오기는커녕 연락조차 없었다. 다시 전화하니 '이번 주말에 갑니다' 그러곤, 주말이 다 가도록 연락도 없고 역시 오지 않았다. 또다시 전화하니 '그 마을에 사는 제 동생이 이번 주 들를 겁니다' 그러기에 기다렸더니 역시 오지 않았다. 내 집 같으면 집을 부수어서라도 어찌 해보겠지만 전셋집이니 그러지도 못하고, 여하튼 집에 문제가 있어 전화하면 이 사람 입에 붙어 있는 말은 '내일 갑니다' 였고 내일이 다 가도록 아무 연락이 없고 오지도 않는다는 거였다. 이렇다 보니 집주인 입에다 총알을 박아넣고 싶은 욕구가 뇌를 가득 메우는 것은 물론이고, 빈 말을 자동응답기처럼 일삼는 이 녀석 뇌의 상태가 의심스럽고, 이런 인간을 손볼 수 없는 나도 한심스러웠다. 그런데 이렇게 몸 따로 말 따로 구는 인간들이 어디 이 사람뿐이겠는가. 정치가든 일개 시민이든 유명인이든 일상인이든 애든 어른이든 말 바꾸지 않고 말 돌리지 않고 구차하게 이 핑계 저 핑계 대지 않고 '약속을 못 지키게 돼 미안합니다' 한마디만 할 수 있어도 그 사람이 결코 작은 사람이 아니라는 게 지금껏 내 경험은 말한다.

말이란 게 묘해서 자신이 한 말을 피해 가려고 하면 할수록, 되레 덧나고 얼룩이 지기 십상이다. '신뢰信賴'의 '신信'은 '사람 인人'과 '말씀 언言'으로 이루어져 있다. 그 사람의 말이 곧 그 사람이니, 사람을 신뢰할 수 있느냐 없느냐는 우선 그 사람이 한 말을 그 사람이 지킬 수 있느냐 없느냐에 따라 갈린다. 개인과 개인 간 말의 관계뿐 아니라 공인의 말인 경우엔 더 그렇다. 공약公約은 지키지 못하면 공약空約이 되고, 공인公人은 공인空人이 된다. 그 피해는 고스란히 공인을 뽑은 사람들에게 되돌아온다. 아니면 말고 식의 폭로와 인신공격성 발언도

253

그렇거니와 선심성 헛된 공약을 남발하는 것에 우리는 질리다 못해 무감각해진 사회에 살고 있다. 무감각은 폭력의 다른 이름이다. 거짓말하는 인간들보다 거짓말을 일삼는 인간들이 한 사회의 주도권을 쥐고 버젓이 활보하도록 묵인하고 용인하는 인간과 사회가 더 나쁜 것처럼 살기 좋은 세상이든 살기 나쁜 세상이든 세상은 그 세상의 주민이 만든다.

MB 정부의 최대 치적(패악질)은 여러 가지지만 그 중 으뜸은 우리가 쓰는 말을 파탄 낸 것이라고 해야겠다. 말을 말하고 싶지 않게 만들었으며, 말을 듣고 싶지 않게 했으며, 말을 말 같지 않게 만들었다. 이름하여 영혼 없는 말장난 정부. '표 얻기 위해 무슨 말을 못하나' '주어가 없다' '값 싸고 질 좋은 쇠고기 먹게 됐다' '도덕적으로 완벽한 정부' '먹기 싫으면 안 먹으면 된다' '무능보다 부패가 낫다' '녹색성장, 4대강 살리기'를 비롯해 '나도 어릴 적 꿈은 시인이었다'고 입을 놀릴 때는 말이 불쌍했다. 문제는 이번 정부에서도 이 말의 값 싼(값 비싼) 장난과 패악질이 계속 되리라는 것이다. 이젠 일본 우익들이나 하던 망언이 이 나라에서도 일상이 되어버렸다. 정치권력이든 경제권력이든 언론권력이든 힘 가진 자들이 내뱉는 후안무치하고 폭력적인 언사는 공분의 수준을 넘어 흉기화하고 있다. 도처에 혀칼들이 날뛴다.

내가 글로 말하고 글로 말 거는 사람이어서 더 그렇겠지만, 내가 하는 말과 글뿐 아니라 남들이 하는 말과 글에 무심할 수 없고 때론 유별나다시피 예민하게 반응하는 편이다. 하지 말았어야 할 나의 말과 글 때문에 종종 나 자신을 탓해야 했고 낯 뜨거워 했다. 심지어 수십 년 전에 한 말이나 쓴 글이 기억나 괴로울 때도 있다. 역으로 남이 한 말과 글로 인해 내가 받은 불쾌감 역시 작은 게 아니었고 분노 역시 컸다. '남이 한 말에 일일이 신경 쓰고 살면 이런 세상에선 피곤해 못 산다' 아무리 일러줘도, 내가 말에 무감한 저 길바닥의 돌멩이거나 저 하늘의 새털구름이 아닌 한 별 소용이 없다.

흔히 하는 말로 '아' 다르고 '어' 다르다. '이 말'이 다르고 '저 말'이 다르다. '여기 사람이 있습니다'와 '여기 인간이 있습니다'는 같은가 다른가. 다르다면 어떻게 다른가. '꿈에도 통일'과 '꿈에나 통일'은 얼마나 다른가. '비자연'과 '반자연'이 다르고, '사람 사는 세상'과 '세상 사는 사람'이 다르다. 도스토예프스키의 『지하로부터의 수기』 첫 문장을 '나는 병적인 인간이다'로 번역하는 것과 '나는 병든 인간이다'로 번역하는 것은 하늘과 땅의 차이만큼이나 커 보인다. '네 몸에서 암내가 나!'란 자막과 '네 성기에서 냄새가 나!'란 자막 역시 달라도 한참 다르다. 동일한 인물과 사건과 사물을 놓고도 이 사람의 말이 다르고 저 사람의 말이 천당과 지옥을 오락가락한다. '타인이야말로 지옥'이라고 말한 사람이 있는가 하면, '타인만이 구원'이라고 말한 사람도 있잖은가. 말이 다르니 사람이 다르고 사람이 다르니 세계가 다르다.

255

말 한 마디가 그 말을 하는 사람을 빛 속에 있게 하고, 그 말을 듣는 사람 역시 빛이 흐르는 공기 속에 있게 한다. 말 한 마디가 이웃의 낯빛을 환하게 만들고 마을의 온도를 다르게 한다. 말 한 마디 때문에 우리는 얼마나 상처 받았던가. 말은 칼과 달리 직접 피 한 방울 묻히지 않고도 원거리에서 한 인간을, 한 마을을, 한 사회를 피투성이로 만들고 시궁창으로 만든다. 인간은 말하는 동물이며, 인간은 말의 노예며, 말은 인간의 축복이자 재앙이다. 인간이 언어를 망친다면 언어 역시 인간을 망치려 들 것이다.

말의 위기다. 말에 위기다. 말이 위기다. 말의 위기가 인간의 위기고 인간의 위기가 세계의 위기다. 말의 윤리가 인간의 윤리고 우리 사는 세상의 윤리다. 말의 윤리에는 비판할 권리와 비판받을 권리도 함께 들어있다. 우리들의 말이 썩는 순간 우리들도 썩어가기 시작한다. 자신이 한 말에 책임지는 사람이 그립다. 책임질 수 없는 말을 했다고 깨끗하게 승복하고 용서를 구하는 사람이 더욱 그립다. 그리워도 너무 그립다. 말의 위기를 넘어 말에 환멸을 느낀다. 환멸 이후에도 삶은 계속된다.

우리는 오늘도 거짓말을 먹고 산다.

2014년

죽은 사람들이
산 사람들을
삶으로 불러내는
저녁

1월 4일 토

『좋아한다는 말』(시집)

『기시감』(시집)

『미지』(시집)

『누가 하품에 거품을 넣는단 말인가』(동시집)

『말의 사흘』(산문집)

『열흘 무한』(산문집)

『거기에 나무가 있었다』(사진 에세이)

『인간을 찾아서』(장편소설)

『문장 투쟁』

『시인 일기』

앞으로 십 년 안에 낼 책들. 뜻대로 될까. 뜻밖의 일과 뜻밖의 문장과 뜻밖의 미래와 미지가 벌어지겠지. 그동안 술 퍼마실 만큼 마셨다. 시간을 총동원해 지금껏 내 삶을 복수하듯이, 남아 있는 내 삶을 끝장내듯이 밀어붙인다.

1월 12일 일

　공중전화 부스가 눈에 잘 띄지 않는다. 핸드폰 없이 여지껏 살았는데, 앞으로도 없이 견딜 수 있을 때까지 그러리라 하지만, 임계점에 다가가는 느낌이다. 간혹 뒤풀이 자리에서 옆 사람이 "용하는 아직도 핸드폰이 없어요!" 그러면 한꺼번에 쏠리는 시선을 한몸으로 받아야 했다. 손목에 시계 차는 것도 싫어 시계를 주머니에 넣고 다니고, 목도리 두르는 것도 싫어해 잔소리 듣는다. 몸에 뭔가를 부착하는 걸 생래적으로 싫어하는 인간이다. 남이 갖고 있는 걸 안 갖고 있다 해서 꿇리거나 부러워하거나 안달하는 인간이 아닌지 이미 오래됐다.

2월 15일 토

그들은 간간이 시집, 에세이집을 보내온다. 심지어 자신의 문학박사 학위 논문을 보내준 여성시인도 있으니 이걸 친절이나 호의라 해야 할지, 허영적 과시라 해야 할지 어리둥절했다. 저자 서명이면 족하겠건만 꼭 도장까지 찍어 보내는 작자들도 있다. 그 성의를 반겨야 할지 되게 티 낸다 타박할지 역시 기분이 말끔하지 않았다. 그리고 그들이 내게 보내준 대개의 책들은 질투와는 거리가 멀었다. 질투도 불러일으키지 않는 책을 왜 보내주는 걸까. 이게 무슨 낭비인가 싶었다. 내게 보내준 어떤 책들은 세 페이지는커녕 첫 페이지조차 다 읽지 못하고 손을 뗐거나 지금도 서가 한 구석에 방치되고 있다. 아예 재활용 쓰레기더미로 들어간 경우도 있다. 그럼에도 안면 있는 저자가 보내온 책을 참을성 있게 읽어나간 건 담에 만났을 때의 그놈의 '안면' 때문이었다. 도장까지 박아 보낸, 질투도 불러일으키지 않는 그들의 책을 읽는 고역과 읽기도 전에 버려지는 냉대를 그들은 알까. 이 고역과 냉대는 피차일반일 게다. 자의든 타의든 내가 서명해 보낸 책들은 어떤 대접을 받았을까. 모름지기 지갑을 열고 사 볼 책을 탈진할 때까지 쓸 일이다. 그리고 훗날 한 번이라도 더 펼쳐 읽게 된다면 대성공이다. 책 함부로 보낼 일이 아니다.

4월 8일 화

여러 날에 걸쳐 막스 피카르트의 『인간과 말』(배수아 옮김)을 읽었다. 매혹적인 책. 그의 『침묵의 세계』(최승자 옮김)와 쌍벽을 이루는 책. 인용하고 싶은 구절이 너무 많아 인용을 포기했다. 창밖으론 사월의 바람이 불었고 살구꽃과 벚꽃이 흐드러지게 살랑댔다. 그럼에도 나는 갈등을 내려놓지 못했다.

4월 18일 금

  '시인의 어머니' '시인의 아버지'에 대한 각각 55매짜리 산
문 두 꼭지와 시 4편을 20일까지 마감해야 한다. 서서히 지쳐가
고 있다. 어제는 비가 저녁을 두드리다 갔다. 비 그친 사월의 다
음 날이니 잠시 짬을 내 남한강변과 들꽃수목원 사이로 난 자전
거 도로를 따라 걸었다. 길 옆 벚꽃은 이미 다 가버렸고, 벚나무
에 매달려 있는 스피커에서 스콧 매켄지의 〈샌프란시스코〉가 흘
러나왔다. 한순간이지만 음악이 마치 나를 위해 있는 것 같았고,
전 세계가 그 순간만큼은 나를 위해 있다고 단정할 정도로 기분
이 괜찮았다. 이런 착각은 하등 몸에 해로울 게 없으니 종종 해도
좋으련만 이젠 이런 착각과 환희도 희귀하고 상당 부분 희미해지
고 말았다. 이웃집 꽃사과나무는 지난해와는 다른 꽃사과꽃을 듬
뿍 보내왔는데 매해 보는 똑같은 꽃사과나무꽃일 뿐이라며 지나
친다. 나는 지난해의 나이면서 지난해의 내가 아니지 않는가. 어
제의 나무는 벌써 어제의 나무가 아니다.

5월 7일 수

J에게

여러 날 글을 썼고 며칠 밭일을 했다. 옥수수, 고추, 가지, 오이, 애호박, 맷돌호박, 청상추, 적상추, 파프리카, 피망, 토마토, 방울토마토를 먹을 만큼 조금씩 심었다. 그렇게 하루하루가, 어제와 다를 것도 없는, 그렇다고 어제와 똑같다고도 할 수 없는, 꿈 없는, 꾸밈 없는 날들이 삶에 왔다 삶에서 빠져나간다. 삶에 있었던 순간처럼 시에 있었던 순간이 왔다 갔고, 와 있고, 올 것이다. 그렇게 나는 쓰거나 읽거나 걸을 것이다. 지난해 삼월, 내게 보낸 너의 글에 페르난두 페소아란 작가가 있었다. 모르는 시인이었다. 그의 『불안의 서』(배수아 옮김)를 읽으며 기쁨과 질투가 교차한다. 내가 읽고 있는 글이 내가 쓰고 싶었던 글이라는 것을. 그것을 지구 위 한 곳에서 살았던 사람이 먼저 했었다는 것을.

칠레 산 와인 한 병 보냈더니
토종 달걀 열 개가 아이 편에 왔네.
데리려 가겠다고 했더니
저녁밥 먹여 데리고 왔네.
아이 내리는 쪽 대문 향하도록 주차했네.
밤이었네.
오디 같이 까만 봄밤이었네.

    돌아가신 조모나 증조모를 떠올리면 어디 먼 데 시간을 다녀오는 일박이일이 생각난다. 자의식 강한 나는 그들이 된다. 그들의 그림자 속으로 들어가 우리 사는 세상의 빛과 어둠을 남김없이 사랑하려는 제2, 제3의 사람이자 내가 된다. 그 여인들은 여자이기 전에 인간이었다. 인간이기 전에 사람이었다. 나는 인간의 손에 길러지고 사람 손에 의해 자랐다. 그들을 생각하면 그들이 운다. 나는 어제의 그림자를 밟고 선 오늘이다. 삶을 아꼈던 사람들이 삶에서 멀어졌다.

6월 23일 월

가끔 나의 미래를 생각하지만 예측하려 그러는 게 아니다. 미래를 헤아린다고 미래가 헤아려지는 것도 아니고 뭐 뾰족한 수가 있는 것은 더더욱 아니다. 미래는 미래고, 나의 미래는 나의 미래일 뿐, 미래는 미래도 모르고, 나의 미래는 나의 미래도 모른다. 우리가 알 수 있는 것은 내가 아는 것과 마찬가지로 우리가 죽는다는 불변의 사실뿐이다. 너가 영원하지 않다는 사실 앞에서 내 피는 돈다. 인간만큼 인간을 욕되게 하고 짜증 나게 하는 동물이 없다. 나는 동물의 왕국에서 갖은 동물들과 사파리를 즐긴다.

오늘도 한 차례 비가 땅을 두드렸다. 비가 내리면 나는 이곳의 사람이 아닌 여기서부터 아주 멀리 떨어진 곳으로 흘러가 그곳의 사람이 되어 그곳을 산다. 쌍수 들어 반색하지 않더라도 우중충한 날씨를 싫어할 까닭이 없다. 나는 기교 없이 살아왔다.

비 갠 여름길을 묵묵히 걸어간다. 마치 걷기 위해 태어난 사람인 양 걸어간다. 혼자서 걸을 때만이 나는 온전했고 전부였다. 젊은날 여자와 함께 영화구경이라도 가면 여간 신경 쓰이는 게 아니었다. 때론 성가시고 귀찮기까지 했다. 그게 나였다. 미화할 것 없이 그런 게 나였다. 혼자 걷는 데, 혼자 노는 데 타고난 나는 나의 본색을 잊고 대인관계에 적잖은 배려를 발휘하기도 했으나 내

기질이 아님을 알고 자주 고개를 돌려버렸다. 호의를 악용하고 우습게 대하는 인간도 적지 않았다. 내 시간을 살려면 곁을 함부로 내줘선 안 되었다.

6월 26일 목

시인? 지독히 편파적인 인간이다. 평론가? 평론가는 얼마나 열렬하게 편파적인가에 따라 그 등급이 결정 난다. 우리가 사는 세상은 옳고 그름의 세상이라기보다 호 불호의 세상이며 지극히 주관적이고 편파적인 세상이다. 지 맘에 들면 옳은 게 되고 그렇지 않으면 옳은 것도 그른 게 되지 않던가. 대체 편파적이지 않은 인간이 이 대명천지에 몇 명이나 되겠는가. 사체거나 무뇌아라면 모를까.

비판의 자유가 있듯이 옹호의 자유가 있다. 하지만 과신은 종종 미신보다 나을 것도 없다. 자신이 옹호한 작품이 금방 탈색되고, 자신이 옹호한 시인이 얼마 안 가 졸작과 태작을 들고 나와 옹호한 사람을 무안케 하고 뒤통수 치던 게 어디 한 두 번이던가. 그렇더라도 평론가는 박수치는, 편파적으로 박수치는 사람이다. 이름하여 문학 변호사.

*

시인을 기억하는 건 시인이다.

7월 15일 화

　내가 무뎌진 건지 이젠 웬만한 글을 읽어선 피가 뜨거워지지 않는다. 내 피에도 닿지 않는 글들을 왜 기를 쓰고 읽겠냐. 그렇게 썩어갈 바엔 문자를 떠나라. '시가 말장난 아닌가' 너스레를 떠는 선수들이 있는데 악취가 난다. 말장난에 불과한 시를 독자들이 열심히 읽어주길 바라며 게걸스레 발표하고 조급하게 시집 내는 그 속내는 또 뭘까.

　비를 기다리며 동옥이 보낸 산문집 원고를 프린트해 여러 날에 걸쳐 읽었다. 내가 아직 덜떨어진 인간인 건, 세련되고 온기 있는 글보다 피의 열기를 불러일으키는 힘 있는 글을 더 좋아하고 원한다는 거다. 沃의 글들이 거기에 해당된다. 나는 기교파 복서들을 경멸한다. 한주먹거리도 안 되는 작시파들, 스타일리스트들.

7월 19일 토

강릉에는 내 개인영화관이라 해도 틀리지 않을 극장이 있다. 아침 기차로 원주까지 가, 고속버스로 강릉 도착, 다시 택시로 '강릉독립예술극장 신영'으로 이동, 조조 상영하는 〈논픽션 다이어리〉(정윤석 감독)를 보고, 명주동 커피집 '봉봉방앗간'에서 커피 한 잔 마시고 다시 직행버스로 춘천으로 이동, 지인들과 밤늦게까지 술 마셨다.

나는 언제든 악인이 될 수 있다.
그걸 응시하는 선인이 내 속에 있다.
누가 더 강한가.

피를 부수지 않는 글들을 읽지 않는다.
피를 부수는 글을 써라.

7월 23일 수

가물디 가물던 대기와 대지에 고대하던 비가 지난 밤부터 내리더니 더위 먹은 내 잠까지 적셨다. 꿈을 꿨는데 형체도 없이 비와 함께 떠내려갔다. 그때 나는 어디로 갔을까. 나는 어제와 다른 나라로 가고 있었으나 어제와 별다르지 않은 하루에 또 속했다는 감정에서 헤어나기 어려웠다. 글쓰기의 강적은 무더위와 열대야. 더한 강적은 책상 앞에 앉아 오래 견디기를 포기하는 나태와 태만과 무의지.

죽은 사람들 생각이 길 가다 맞닥뜨리는 싱크홀 마냥 불쑥 나타난다. 그들은 이 저녁 뭣들하고 있을까, 이런 부질없는 상상에 감겨 하루를 연명하듯 무력과 무기력 사이에서 한 줄, 두 줄의 글을 쓴다. 죽은 사람들이 산 사람들을 삶으로 불러내는 저녁, 내가 나를 위로해야 할 만큼 내가 위로해야 할 삶이 오늘은 허무하게 쓸쓸하다. 본 지 십 년이 넘는 젊은날 친구가 어제 이곳을 지나가며 전화했을 때 나는 밭에 있었고, 오늘 다시 전화해 안부를 물었다. 언제 들어도 반가운 목소리가 착 가라앉은 오후의 시간을 공중으로 들어 올렸다.

7월 25일 금

일기는 지금의 미래다. 살았지만 다시 살게 될 미래.
나는 타인이 되었다가 다시 타인이 되어 돌아온다.

8월 12일 화

　그 끔찍한 참사도 금세 잊히고 만다. 참사다. 어떤 사람들은 너무 잘 잊고 어떤 사람들은 끝까지 잊지 못한다. 빨리 잊으려 하는 사람들과 끝까지 잊을 수 없는 사람들이 한 하늘을 이고 있다. 유가족들과 생존자들에게 그 참사는 지워지지도 사라지지도 않을 것이다. 삶에서 나가지 않는 한, 삶을 따라다니며 괴롭힐 것이다. '지금'을 다른 말로 하면 '기억의 총량'일 것이다. '지금의 깊이'는 우리가 살았던 '기억의 깊이'일 것이다. 하지만 우리는 자기 자신한테 닥친 불행이 아니면 잊는 데 명수들이다. 보고 듣는 순간 잊는다. 희망에 기대지 않고, 희망 같은 거 없이 오로지 피와 뼈와 살로 견딘 사람만이 그들이 당한 시간이 어떤 시간인지 안다. 死月이 가고 다시 四月이 와도, 수십 번 반복돼도 그들에게 四月은 여전히 死月일 것이다.

관이 무덤으로 들어가고
한 삽, 두 삽 흙이 뿌려지고
사람들은 울음을 덮으려 안간힘을 쓰면서
각자 생활로 돌아가
일상에 덮인다.

9월 4일 목

　보고픈 강원도의 가을 햇살, 가고픈 춘천의 가을 공기, 껴안고
픈 동해안 항구에서 바라보는 영嶺의 석양, 나는 그런 것들을 배
불리 먹으며 한 시절을 살았다. 내 젊음은 적요의 수심 속으로 내
일 따위는 접어두고 헤엄쳐 나갔다. 한국을 등지고 동해를 품었
다. 행복한 세상이 멀리 있지 않았다. 행복한 나라가 있어 내가
행복했던 게 아니었다. 내가 행복을 맛볼 줄 알았기에 행복한 나
라가 거기에 있었다.

9월 11일 목

　정현우 개인전《굴렁쇠 굴리는 아이》(갤러리 팔레드서울, 9월 25–9월 30일) 도록에 들어갈 글을 보냈다.

꽃나무 | 6F 캔버스에 아크릴릭 ⓒ 성현우

굴렁쇠를 굴리는 시간

새 두 마리만 날아도 세계는 이미 충분히 역동적이다.

아이에겐 많은 것들이 필요치 않다. 강아지 한 마리, 물고기 몇 마리, 나무 몇 그루, 기타 한 대, 집 몇 채만 있어도 세계다. 거기다 구름나라와 달나라까지. 그리고 굴렁쇠가 있다. 굴렁쇠 하나만 있으면 아이는 그가 살고 있는 세계의 주인공이 된다.

추억 속의 일이겠으나 우툴두툴한 마을길과 아이들이 하교한 텅 빈 운동장에서 굴렁쇠를 굴리며 놀던 시간들이 있었다. 아이는 동무들과 어울릴 때도 있었으나 제 무료한 시간에 스스로 금을 그리듯 저 홀로 놀 때가 더 많았다. 그 아이를 '고독한 아이'였다고 명명할 때는, 이름을 부르는 아이나 이름이 불리는 아이는 이미 아이가 아닐 것이다.

정현우의 그림 속 굴렁쇠 굴리는 아이들은 여럿이 놀 때도 어울려 놀기보다 제 구름이나 제 지붕, 제 물고기 위에서 제각각 논다. 게다가 아이들의 얼굴은 대개 이목구비가 생략돼 있고, 그나마 있는 '눈目'은 '작은 점 하나'다. 굴렁쇠 굴리는 아이의 '한 점 눈'은 그가 즐겨 그리는 '새의 한 점 눈'과 다르지 않을 것이며, 그것은 마치 곤줄박이나 박새나 오목눈이 같은 아주 작은 새의 한 점 까만 눈처럼 더 이상 더하고 뺄 수 없는 '한 점'일 것이다. 그것은 마지막까지 남은 '한 점 빛'이다.

강아지 따라서 | 10F 캔버스에 아크릴릭 ⓒ정현우

물고기나라 | 20F 캔버스에 아크릴릭 ⓒ정현우

굴렁쇠를 굴리던 아이들과 그 동무들은 다 어디로 간 걸까.

세계와 동무해 놀 줄 알던 그 아이들 말이다.

아이들이 없는 동네는 죽은 동네며

아이들이 들어 있지 않은 어른은 죽은 어른이다.

나였던 아이는 다 어디로 간 걸까.

아직 내 속에 남아 있을까. 아니면 영영 사라졌을까.

우리가 어른이 되면서 다 몰아낸 것일까.

이 번쩍이고, 튀고, 자극적인 걸 좋아하는 세상에서 정현우는 비자극적인 세계로 저항한다. 차라리 무자극에 가깝다.

굴렁쇠를 굴리며 노는 아이들 세상이, 그 사방이 얼마나 조용한지 외롭도록 평화롭다.

인간에겐 많은 것들이 필요치 않다.

정현우는 굴렁쇠 굴리는 아이들을 통해 그렇게 말하는 듯하다.

사건 하나가 평온하던 일상을 바꾼다.

사건 하나가 지금까지의 공부를 헛공부로 만든다.

내가 받은 치욕 때문에 칼을 빼 들었는데도 베지 못하고 도로 칼집에 넣는다면 사내의 자취가 없거나 장부의 체취가 없다 해도 뭐라 할 것인가.

공권력을 사용해 공권력을 칠 생각을 하다니.

10월 14일 화

　전화벨 소리에 눈을 뜨니 밤 1시 반이었다. 동해안 바닷가에 사는 K시인의 전화. 보드카를 마시고 있단다. 외롭구나. 너, 가을 타는구나. 나만 외로운 게 아니고 자네만 외로운 게 아닐세. "형, 가을 나는 거 힘들어!" 하기에 "요즘 날씨가 너무 좋아 지상의 날짜를 헤아린다"고 받았다.

　인간은 그냥 오십이 되고 육십이 되고 칠십이 되지 않는다. 누구든 이 지상에서 언젠가는 나가야 한다. 언제까지 이곳에 머물 수 없기에 인간은 하루 하루, 순간 순간 지상의 인간이다. 최초의 인간이자 최후의 인간이다.

　뜯어지게, 찢어지게, 터지게 외로운 밤바다 파도 뒤척이는 소리, 嶺을 넘어 내륙으로 온다.

10월 15일 수

　　윤상규(윤후명) 시집 『명궁名弓』은 특별하고, 특이하고, 기이한 시집이다. 母國語 이전의 이런 祖國語의 나라가 있었던가 싶다. 이 시집을 꺼내 읽을 때마다 나는 기묘한 기분에 휩싸여 마치 오래전 성쇠 했던 나라의 사내라도 되는 양 따가운 가을볕에 피를 쬐곤 한다. 저 '廢井' 가득하던 말소리, 숨소리, 웃음소리, 울음소리, 발자국 소리가 가슴을 치며 올라와 달려들 것만 같다. "아, 세피아빛 승냥이 울음소리"(「울음소리」)도.

　　　여기서 일찍이 모셨던 햇님
　　　달아오른 돌과 흙과 모래를 이끌고
　　　다시 어느 들의 우물로 가시니이까
　　　햇님
　　　이 다리의 힘줄을 끊어
　　　아킬레스건을 끊어 여기 놓고
　　　몇 낱의 아름다운 오곡과
　　　바꾸리이까
　　　아귀의 사랑 다툼으로
　　　봄꽃늘은 타래마다 흐드러지고
　　　검붉나이다

이제 마음은 토막쳐 소금에 절일 때니이다

　　　　　　　—윤상규, 「봄 廢井에서」 전문

10월 16일 목

인간을 발가벗기는 시를 쓰려무나.
육질로 이루어진 영혼에 대해.
육욕으로 이루어진 영혼에 대해.

가을은 한창이고 나무는 겨울 앞에 피골로 남으리다.

왜 사랑을 합친다 하지 않고 나눈다 하는가.
우리는 사랑을 나누었다.
그 침울한 가을, 침침한 침대에서.

아침부터 천둥 치더니 비가 한꺼번에 쏟아졌다. 곧 개었다. 가
을볕이 우중충한 대기를 뚫고 바람과 함께 파랗게 나타났다. 파
아란 하늘에 두고 온 시퍼런 바다. 공중으로 빨려들어가도 좋을
날씨.

그들의 글을 읽으면 따라갈 것 같아서 그들의 글을 일부러 밀
쳐둔다.
그들은 시인들과 소설가들이다.

물론 극소수다.

이제는 백지 위에서, 백지 앞에서 얼마나 오래 엉덩이 붙이고 버티느냐 그 싸움이다.

희망은 유토피아거나 절망의 첩일 게다. 아닌가? 희망에 기댄다는 것은 더 이상 희망이 없다는 것이고, 희망한다는 말은 더 이상 절망할 게 없다는 말. 나는 그렇게 새긴다.

가을은 위험하다.

가을엔 위험하다.

가을에 떠난다.

가을에 떠나는 짐승은 위험하다.

가을은 '내가 위험한 짐승'이라고 위협한다.

가을 앞에 벌거벗은 내 감정.

10월 18일 토

전화벨 소리에 깬다. 밤 3시 반. 심하구나, 네 외로움이. 속초
밤바다에 사는 K시인의 전화. 며칠 전 오밤중에 전화한 걸 기억
못 하더구나. 야밤에 전화하지 말란 법이라도 있나. 곱게 받느냐,
안 받느냐, 곱게 받을 수 있는 전화냐 아니냐 그 차이다. 수도권
서 밤새 술 마시다 택시 불러 파도 보러 동해로 달려가던 젊은 날
이 있었다.

"우리, 안개 보러 갈까!"

함성호 시인과 술 마시다 택시 잡아타고 춘천으로 달려가던
가을밤이 있었다. 자취하던 후배 집으로 쳐들어갔더니 없기에 부
엌 창으로 들어가 음악 듣다 새벽 기차 타고 서둘러 서울 직장으
로 출근하던 삼십 대 초반의 어느 날이 어제 같이 흘러가 버렸다.

"이것들이 남의 집 부엌으로 침입해 꼴에 모차르트의 〈레퀴엠〉
을 듣고 가!" 했던 날이.

10월 21일 화

호오와 선악을 넘어서 인간을 파헤친다.

그러기 전에 나 자신부터 파 뒤집는다.

시차와 시대착오를 등에 업고 동시대인에게 다가간다.

10월 28일 화

작년 2월, 무릎에 물이 차고 뚝뚝 소리까지 나 곧잘 가던 산행을 그만뒀었다. 재작년 가을 산행 이후 2년 만에 가을산에 들었는데, 무리할 수는 없어 운길산 초입을 오르락 내리락했다.

90년대 초 읽는 둥 마는 둥 했던 사이토우 마리코의 『입국』이라는 시집이 보고 싶어 용재형한테 전화했더니 "어디에 처박혀 있는지 찾으면 보내주겠다" 했다. 제발 빨리 좀 찾아라. 그녀는 한국어로 쓴 시집을 낸 일본 시인이다. 내가 일본어를 깨쳐 일본어 시집을 낸다면 하늘이 웃겠지.

10월 30일 목

　나는 혼자 노는 데 타고난 인간이다. 어려서도 그랬고, 사춘기 때는 극심했고, 스무 살 이후엔 나아졌으나 이런 저런 이유로 할 수 없이 관계한 사람들을 빼면 내가 만난 사람은 극소수였다. 나하고 사람들 사이엔 벽이 가로놓여 있었고, 그 벽은 종종 철벽이어서 내가 타자와 만나려면, 반대로 타자가 나와 만나려면 벽에다 길을 내야 했다. '철벽에 길내기'가 사람들과의 만남이었던 셈이다. 나는 혼자 있어도 도대체 심심하지가 않다. 외롭기는 해도 심심하지는 않다. 읽고 싶은 책들이 손 뻗으면 딸 수 있는 과일처럼 지척에 수두룩하고, 꼭 한 번 써 보고 싶은 책도 열 권은 된다. 오직 혼자서만이 가장 멀리까지 여행한다.

내가 사는 이 거리에는 네 숨이 붙어 있다.
나는 얼룩져 있는 네 숨결을 밟고 지나다닌다.

10월 31일 금

시월에 음주 욕구가 지대했으나 손가락으로 벌레 찍 눌러 죽이듯 죽여버리고 책상 앞에 앉아 있는 시간만큼 글이 나오고 시가 나왔다. 유행가 가사처럼 시월의 마지막 밤이다. 나는 지금껏 무핸드폰, 무면허로 산다. 그로 인한 불편함보다 편함을 더 즐기고 즐거워하며 지내기 때문에 별 문제 될 게 없다. 핸드폰이 없다 보니 오밤중에 집으로 전화하는 사람들이 간혹 있고, 정적을 깨는 한밤의 전화벨 소리에 자다가도 벌떡 일어나 전화를 받으면 술 취한 사내들의 응석이랄지, 외로움이랄지, 헛헛함 같은 게 곧장 수화기 밖으로 굴러 떨어질 것 같은 날들이 이 가을에만도 한두 번이 아니었다. "형, 보고 싶다. 한 번 와라… 한 번 갈까", "형, 가을 나는 거 힘들어" 그러면서…. 오전 1시, 3시에 전화하는 사람들의 에너지가 전화받는 사람보다 클 것이라 생각하면 짜증 낼 것도 없이 좋은 마음으로 응대해준다. 나도 젊은날 심야 기습 전화로 여러 사람 힘들게 하지 않았던가. 돌려받고 있다 생각하면 된다. 또 전화해라. 음악 틀어 달라는 소리는 하지 말고.

11월 2일 일

　이른 아침부터 세차게 바람 불고 비까지 휘날려 날이 개면 하늘이 맑고 깊겠구나 싶었는데, 한낮이 되자 집 안에 붙어 있기 힘든 날씨가 펼쳐졌다. 배낭도 없이 간편한 차림으로 전철에 올랐다. 운길산 초입 활엽들은 고운 빛에 고운 빛을 더해 더 깊은 가을로 가고, 나는 산 초입을 지난번처럼 오르다 내려왔다. 주렁주렁 감 매단 주황 감나무와 이보다 더 노랄 수 없게 물든 노란 은행나무는 '어찌 저리 황홀한 인간이 다 있나' 싶게 내 감정을 환희 쪽으로 끌고 갔다. 저 나무들 때문에라도 이 지상에 다시 한번은 와야겠다. 그럴 수 없기에 이번 생에 모든 간절함과 절박함을 쏟아붓는 도리밖에 없으리라. 저녁의 여린 햇살에 물든 가을 산하는 이 세상이 아닌 곳에 있는 것 같은 역기시감을 불러일으켰다.

　인간으로 세상에 와 여태 뜨거운 피, 뜨거운 감정으로 속세를 거닌다. 가라앉기도 했지만 다 내려놓을 수는 없으리라, 아직은. 나뭇잎들이 바람 타고 천지를 아우성치며 인간의 감정 먼 저편으로 마구 휘날려 갈 때, 하마터면 '삶이 아름답다' 말할 뻔했다.

11월 23일 일

　'인정받기 위한 투쟁이 삶'이라는 맥락의 말을 한 철학자가 있었다. 전적으로 수긍할 수밖에 없는 말이지만, '인정 투쟁'에서 빗겨나 살고 있는 사람들이 없지는 않겠다. 세상의 관심은커녕 주위의 시선조차 성가시고 귀찮을 뿐인 사람들 말이다. 그들은 혼자 있을 때 가장 많은 사람과 있으며 홀로 있을 때 가장 멀리까지 나아간다. 인정받고 관심 끌려는 말과 행동은 애나 어른이나 예나 지금이나 불변하는 사실이자 진실일 게다. 어디 인간의 삶만 그럴까. 동식물도 인정 받으려 자신을 뽐내고 빛내려 애쓰지 않던가. 내 속에도 인정받고 싶어 안달인 여러 종류의 '나'라는 동물이 최소 열 명은 들어 있지 않을까 싶다. 그러다가도 '인정받는 게 무슨 소용'이며 '인정 따위 부질없어'라며 내 길을 재촉한다. 어느 날 시인 친구가 나더러 "넌 왜 그렇게 칭찬에 인색하냐"며 타박 비슷하게 불만을 내비쳤을 때도, 사람이든 작품이든 그 가치를 제대로 알아보지 못하는 내 능력 부족을 탓했을지언정 일부러 칭찬에 인색하게 굴며 살았다고 생각지는 않았다. 칭찬받을 작품 앞에서 인색하게 구는 게 아니고 칭찬할 수 없는 작품 앞에서 냉랭하게 굴 뿐이다. 칭찬은 독이 든 약이다. 어렸을 적부터 내 귀에는 "그렇게 하면 누가 알아주냐"란 어른들의 비겁하고 간

사한 말이 종종 와 박히곤 했다. 알아주면 남 죽이는 짓도 버젓이 하겠다는 악의가 이 언사에는 숨어 꿈틀댄다. 그들에게 묻는다. 꼭 알아줘야 밥 먹고 알아주지 않으면 안 살 건가. 알아달라 생색 내는 인간들 세상에서 알아주지 않아도 자기 길을 가는 사람들이 있어 세상에 빛이 깃든다. 숱한 사람들이 인정받지 못하고 무덤이 되어 있다.

*

오늘 대낮 "성서의 시편을 읽어주겠다"는 어떤 여성의 전화가 와, "전, 괜찮습니다" 했더니 "그러실까요?" 라며 끊었다. 그러실까요? 참 묘한 말이다.

"그러실까요?"

11월 24일 월

　지금 쓰고 있는 문장에 전력투구하듯이 지금 읽고 있는 문장에 전력을 기울인다. 『자살의 전설』(데이비드 밴)은 내 취향의 소설인데, 마르셀 프루스트의 『잃어버린 시간을 찾아서』(김희영 옮김)를 읽는 중이라 그런지 소품처럼 느껴진다. 김경주 시인의 언어는 내 젊은날 언어로도 갖다 들이대지 못할 정도로 그 활기와 활성이 드높다. 그도 지금부터가 문제다. 근자에 발표되고 있는 시 중에 접한 걸로는 김행숙의 시가 단연 파고든다. 「타인의 창」(『창작과비평』 여름호), 「半個」(『시와 사상』 여름호) 같은 시들. 진은영의 시도 흥미롭다.

　시간이 자꾸 쪼개지고 깨진다. 누가 해주는 밥 먹고, 누가 빨래해주는 옷 입고, 누가 청소해주는 집에 짱박혀 세 달만 살아 봤으면, 더도 덜도 말고 세 달만 몰아쳐 봤으면.

　나를 탐구해도 피 튀기는 책 한 권은 된다.

　『한중록』(혜경궁 홍씨), 『반딧불의 잔존』(조르주 디디 위베르만), 『총, 균, 쇠』(제레드 다이아몬드), 『코스모스』(칼 세이건), 『사회 문제의 경제학』(헨리 조지), 『문명 속의 불만』(지그문트 프로이트),

『저항과 반역 그리고 재즈』(에릭 홉스봄), 『오이디푸스왕과 안티
고네』,『페르마의 마지막 정리』,『에드워드 호퍼』, 원효 전집, 루
쉰 전집, 비트겐슈타인 선집, 동양 고전들…. 구입해 놓고 손도 못
대고 있는 책들이 수두룩하다. 손 대야 하리라. 더 늦기 전에, 더
늙기 전에.

11월 29일 토

　나는 어느 날 감정 하나를 긋고 싶었다. 나 아닌 감정.

　감정조차 없는 날이 올 것인데, 감정 있을 때 나는 감정에 금을 내고 그 감정에 빛을 입힐 것이리라.

　나는 바다만큼 파란 하늘빛, 하늘만큼 파란 바다빛을 입히리라. 그러고도 남는 빛이 있다면 너에게 입히리라.

12월 1일 월

하루종일 바람이 창문을 두드려 덜컹이게 하고 추위가 몰려오
는 게 창 밖으로 보였다. 현관문을 열고 나가니 바람의 차갑기가
지난 겨울 이후 최강이다. 날이 추워지면 감정은 절박해지고, 생
각하지 않던 사람을 생각하게 되고, 생각나지 않던 사람이 생각
나게 된다.

내가 너를 처음 봤을 때 무슨 말을 해야 할지 내 무릎은 쩔쩔
맸고 내 시선은 절절맸다. 너는 그렇게 날 오도 가도 못하게 했
다. 머릿속엔 하얀 백묵 가루가 풀풀 날렸는데 흰 찔레꽃 가시덤
불에서는 벌들이 꿀을 모으는 데 열중하고 있었다. 살벌하고도
기이하게 아름다운 날이었다. 내가 너를 다시 대면했을 때 나는
전의가 불타올랐고, 무슨 수를 써서라도 너를 내 무릎 아래 꿇게
하고 싶어 안절부절못했다. 하지만 내 속에 형형색색 광기가 도
사려 너는 날 제대로 쳐다보지 못했고 눈길이라도 마주치면 당황
해 어찌할 줄 몰라 했다.

벌써 십이월이다. 시간을 밟으려다 시간에 되레 짓밟히는지도
모른 채 세상 밖으로 나가는 자가 한 둘이 아닐 것이다. 세상 밖
은 어떤 세상일까. 무서운 시간이다. 그 어떤 것도 업어 가지 못
하고 왔던 생을 떠나갈 것이다.

12월 9일 화

　지난 주말 P시인이 세상 떴음을 어제 한 지인의 전화를 받고서야 알았다. 1990년대 초부터 그는 나와 여러 차례 스친 적이 있으며 술자리를 같이 한 적도 대 여섯 번은 된다. 3년 전이었나, 4년 전이었나. 밤 2시에 서울서 전화해 양평으로 오겠다기에 거부 의사를 비쳤더니 "주소 불러 봐. 니 집에는 안 들어갈게" 그러곤 대리기사를 불러 내비 찍고 일행 두 사람과 함께 1시간 뒤 집 앞에 와 있었다. 양평은 그 시간에 술 마실 데도 없고, 아는 데도 없어 24시간 노래방에 들어가 맥주 마시다 날 밝자 해장국 먹고, 마을 느티나무 아래로 이동해 막걸리까지 마시고서야 서울로 갔다. 그게 내가 본 그의 마지막 모습이었다. 그 당시 그는 지쳐 보였으나 기세가 다 꺾이지는 않았다. 양평에 기습적으로 나타나기 전에도 그는 일 년에 한두 번 불쑥 전화를 해서 내게 말할 틈도 주지 않고 자신이 하고픈 말을 내지르다 끊곤 했다. 양평에 왔다 간 후론 몇 년간 전화가 없기에 경제적으로 궁핍하거나 몸이 안 좋거나 둘 중 하나일 거라 막연히 짐작만 하고 있었다. 그의 기행과 악행은 내가 문단 활동을 하기 전에도 자자했고, 문단에 나오고도 지치지 않고 이어졌고 어떨 땐 극심했다. 그의 부음을 듣고 그에게 시달렸던 많은 사람들의 감정은 어떤 것이었을까. "너도 가는구나!" "성격이 운명이지!" 그랬을까 아니면 일말의 허망함 같은 걸 느꼈을까. 인간이 인간을 좋아할 이유가 백 가지라면 싫어할 이유도 그쯤은 된다. 태어나면서부터 죽으러 가는 세상. 인간은 누구나 세상 밖으로 나간다. 다시 올 수 없으니, 다시 죽을 수 없으니 눈부신 세상이고 유일한 세상이다. 어느 날 문득 그는 세상에 없는 것이다. 어느 날 갑자기 내가 세상에 없는 것처럼. 어느 날 우리들 모두가 이 세상에 없는 것처럼.

무의식이 눈물 겨운 의식이듯이
삶의 의의는 눈물 겨운 죽음의 의의다.
'의식'이 병이라면 '무의식'은 지병인 셈이다.
그렇다면 삶은 '병치레'인가.

12월 11일 목

하루에도 숱한 사람들 생각 속에서 하루가 저문다. 내가 세상에 속해 있듯, 선의든 악의든, 자의든 타의든 그들은 내게 속해 있다. 그들이 하루 하루를 어떻게 영위하는지, 다들 어떻게 식의주를 해결하며 이 저녁을 맞고 있는지 신기하고 신비롭고 이따금 연민을 불러일으키기도 한다. 좋아하는 사람을 놓아주듯 증오를 가져다 준 사람을 놓아줄 수 있을까. 이번 생을 다 걸어도 해결 안 되는 것은 해결 안 되는 것이다. 그렇게 쉽사리 용서하고 화해하고 놓아줄 수 있다면 그건 삶의 이름에 어울리지 않는다. 위선 떠는 인간들을 위악적인 인간들보다 열 배는 더 싫어하는 인간이 나다. 우선 나의 위선부터 나를 총동원해 물리쳐야 한다.

인간 속에는 무엇이 잠재되어 있는지 인간 자신도 모른다. 우리는 '한순간에 그가 변했어'라고 말한다. 한순간에 그가 변한 게 아닐 것이다. 그의 내부에 오랫동안 내재돼 있던 그의 본색이 어떤 계기를 만나 삽시간에 표출되었을 가능성이 더 크다.

한 인간이 평판을 쌓는 데는 일생이 걸리고, 일생에 걸쳐 있고, 그걸 까먹고 추락하는 데는 하루아침이면 충분하다. 나이 들어갈수록 존경하고 싶은 인간들 씨가 마른다. 그들은 대개 위선가고 명망가다. 한순간 똥통으로 빠지는 인간들을, 초라한 본색이 들통 나는 것을 너무 많이 봤다. 인간은 뒤를 봐야 하고, 끝을 끝까지 지켜봐야 하고, 내가 내 자신의 뒤를 보듯이 끝까지 나의 끝을 지켜봐야 한다.

햇빛 아래 있다는 것 외엔 나와 너와 우리는 아무것도 동등하지 않다.

태어나면서부터 우리는 무덤을 판다.

2014年
겨
울

우주는 빛과 어둠의 잔치. 우주는 감각하는 우주. 인간은 몸의 우주고 몸은 감각의 우주다. 나는 감각으로 본다. 감각은 나를 본다. 나는 몸으로 본다. 몸은 나를 불 켜고 나를 지켜본다.

인간에게 먼 곳을 볼 수 없는 고통이 엄청나다면 가까운 곳을 잘 볼 수 없는 고통 또한 약소하지 않다. 이삼 년 전부터 평소 같으면 읽을 수 있었던 책상 위 책을 읽기 힘들어 머리를 뒤로 빼거나 손에 든 책을 얼굴로부터 더 멀리 밀쳐 놓아야 독서가 가능한 사태가 벌어졌다. 노안이 온 것이다. 책읽기가 생활과 다를 게 없는 내게 '읽기'는 '쓰기'만큼이나 중하다. 무슨 수를 내야겠다 하던 차에 다초점 렌즈 안경을 맞췄다. 내 안경의 역사에 새 장이 펼쳐졌다. 오늘 써보니 예전처럼 독서가 가능해졌다. 몸을 백이라 했을 때 눈이 구십이라는 말은 헛말이 아니다. 사정이 이럴진대 어떤 이유에서건 시력을 상실한 채 한평생 살아야 했던 사람들의 암흑 천지는 우리들의 상상을 초월한다.

내가 네 댓살이었던 옛날, 노할머니(증조모)의 등에 납작 업혀 있던 어린 나를 지금도 감각한다. 증조모는 늘그막에 한쪽 눈이 침침해지자 동네 의원한테 침을 맞게 되었는데 일이 잘못돼 나머지 한쪽 눈마저 실명하고 말았다. 그 당시만 해도 내가 너무 어리기도 했었지만 그분 삶에 무엇이 닥쳤는지 새의 깃털 한 올만큼도 헤아리지 못했다. 내 초등학교 시절 내내 안방 아랫목에 누워 천장을 향하고 계시던 그분의 말년은 내 가슴에 지금껏 두고두고 슬픔으로 남았다. 그녀의 숨 넘어가던 소리를 듣던 그 겨울 새벽, 나는 이 지상에서 가장 거칠고 힘들고 고통스러워하던 호흡 소리를 들으며 깨어 있었다. 사십 년 전 겨울이었다.

2014年
겨
울

그 눈물 많던 소년은 눈물조차 수상히 여기는 눈물 없는 중년 사내가 되었고, 지고는 못 사는 그 소년은 남은커녕 자기 자신조차 이길 수 없는 사람이 되고 말았다. 애꿎게 단어나 못 살게 굴면서 한 줄 두 줄의 덧없는 글줄이나 보태며 나이를 까먹는 인간이 되고 말았다. 그렇다고 끝난 게 아니다. 삶이 끝나야 죽음이 끝난다. 내 삶이 끝장나야 내 죽음이 끝장난다. 내 피는 자주 뒤집혔고 쉽사리 평정을 유지할 줄 몰랐다. 그것은 식을 줄 모르는 동해의 푸른 피를 빼다 박았다. 나는 나와 다른 사람이 되기를 원했으나 나로 돌아오고 말았다. 나는 지금까지와는 별다른 지금을 살려 했으나 어제와 다를 것도 없는 오늘을 살고 말았다. 백 세 수명으로 쳐도 내 삶은 이미 후반전이다. 살았던 과거가 점점 비대해지고 남아 있는 미래는 점점 쪼그라드는 앞날 앞에 내 삶은 서 있다. 나는 종종 타인 이상으로 나를 들여다보며 지낸다. 어린 날을 빼놓고 남이 보라고 들으라고 운 적이 없다. 남한테 보여주기 위한 눈물은 타인의 피부를 뚫고 타인의 심장에 가 닿지 못한다. 내가 너한테 당도하지 못하는 것처럼. 내가 외면하지만 않는다면 내 속에 저제된 여러 가지 위악과 악감정과 적개심과 분노, 증오, 복수심 같은 것과 한 침대에 누워 있는 나를 어렵지 않게 볼 수 있다. 나는 위악에 눈감은 위선과 싸운다.

이제는 내 곁에서 멀어진, 그렇지만 여전히 지상에 속해 있는 사람들과 지상에서는 더 이상 같이 '앞'과 '옆'을 두고 밥과 술을 나눌 수 없게 된 사람들 속에서 또 하루가 저문다.

나는 내가 아프다. 나는 이 지상에 없는 그녀가 아프다. 나는 내가 슬프다. 나는 이곳에 없는 네가 슬프다. 우리는 양손에 빛과 그림자를 들고, 양발에 천국과 지옥을 묶고, 이 지상에 머물렀고, 머물러 있고, 머물다 떠날 것이다.

한 사람이 세상 밖으로 나가면 세상이 줄어든다.

2014年

겨
울

12월 16일 화

　지난 5년간 나는 파괴되었다. 이 파괴의 근원은 물론 '나'이고, 내가 불가피하게 세상에 속해 있음으로 해서 파생된 결과인데, 내 감각과 감정의 영토에 무단 침입한 타인으로 인해 불길이 걷잡을 수 없이 커져 버렸다. 내 자신만의 과오라면 내가 불구덩이로 뛰어들면 된다. 나는 허약했던 것이다. 사건에 취약했던 것이다. 잘못을 응징할 땐 씨를 말리듯 했어야 함에도 눈감아 준 건 나의 씻지 못할 과오다. 그로 인해 극심한 화와 분노에 시달렸으며 나를 너무 많이 잃어버리기 전에 나를 구해야 했다.

　우리는 과거에서 태어났다. 과거는 숨죽이고 있는 현재. 잊을 수는 있어도 과거를 모조리 없앨 수는 없다. 인간은 과거가 될 곳으로 죽으러 간다. 어떤 과거는 평생 동안 현재를 놔두지 않는다. 사람의 일은 묘해서 과거에 끌려다니지 말아야 다짐할수록 과거의 위력 앞에 자주 무릎 꿇고, 과거는 현재와 미래까지 자신의 영향력을 행세하려 든다. 지난 5년간 내 에너지는 나를 갉아먹고 늙게 할 만큼 안 좋아서 그 막강한 에너지의 질과 차원을 바꾸는 게 시급했다. 지난 가을부터 그 무겁고 성질나고 수치스럽던 과거로부터 서서히 벗어나기 시작했으며 나는 나를 다 잃기 전에 나로부터 걸어 나왔다. 파괴된 만큼 나는 생성의 역광을 맛본 것일까. 내 삶이 지금껏 겪어보지 못했던 몇몇 사건들은 내가 나를 패 죽이고 싶게 만들었으며 뜻밖에 큰 공부하는 계기가 되기도 했다. 천하 태평한 인간들을 보고 "어찌 저럴 수가 있지!" 감탄한 적이 한 두 번이 아니다. 그러나 나는 그들이 아니다. 그들 또한 내가 아니듯. 나는 생래적으로 감각의 날이 무디어질 수 없는 사람인데 요즘은 내 심신에 평화로운 기색마저 감돈다.

습설이 내리는 밤에 글을 쓴다.

눈 내리는 밤 나 같은 사람에게 숙면 따위는 어울리지 않는다. 두 시간 눈 붙이고 깬 자정에 창 밖 내리는 눈을 물끄러미 바라보다 그 눈에 덮이는 나무들을 얼마간 더 지켜보다 책상 앞에 앉는다. 흰 눈이 세상을 덮고 있을 때 흰 눈을 덮고 있는 내 눈. 나는 이 밤에 하얗게 하얗게 정적에 물들어 간다.

나는 사랑을 바라보듯이 사람을 바라본다.

나는 어둠을 사랑하듯이 밤을 껴안는다.

내가 아무런 이유나 조건 없이 만물에 애정을 느끼듯이 인류애를 실현하고 구현하는 날이 올까. 가당치 않은 일이다. 나는 자기애조차 실현하고 구현하는 데도 실패를 거듭했다. 아직도 인간

에 대한, 인간을 향한 애정이 내게는 가장 위험하고 험난한 과업
이자 임무다.

　습설이 내린 후 강추위가 오고 있다. 다 녹지 않은 눈은 빙판이
될 것이다. 아침 6시부터 집 앞과 골목길 제설작업을 한 시간에
끝냈다. 두툼한 파카에 휩싸인 내 연약한 등짝에 땀이 맺혔다.

12월 17일 수

어제 나는 어제로 마감했다. 오늘은 어제와 다른 불가능의 감정과 감각으로 하루를 마감할 것이다. 하루를 하나의 일생이라 치면 도대체 몇 만개의 일생을 해치워야 일생이 끝나는 것일까. 매일 반복되는 나의 동어반복은 견딜 수 없는 자괴감을 불러일으키고 타자의 동어반복은 폭력 욕구를 급상승시킨다. 한 말 또 하고 하나 마나 한 말을 버젓이 내뱉고 있는 나부터 용서가 안 된다. 뻔하고 뻔뻔한 말을 이리 굴리고 저리 돌리는 찌질이 위정자들과 甲들을 보면서, 그들의 거짓을 알고도 묵인하는 다수의 얼굴에서 거짓말을 빼면 인간의 얼굴은 당장 한쪽이 뭉개져 흉물스런 건축물이 되고 말게다.

하늘 아래 인간은 태어나는 순간부터, 어쩌면 태어나기 전부터 평등하지 않을뿐더러, 인간의 감정과 감각 역시 불평등의 제국이다. 유일신을 숭배하는 인간들을 대할 때면 나는 슬픔 이상의 비애에 젖곤 한다. 그들은 소나무만 나무라거나 지상에 나무는 소나무만 있어야 한다고 주장하고 강요하고 맹신하는 종 같아 내 기분은 금방 엉망이 되고 불쾌감과 더러움에 악감정까지 더해진다. 예나 이제나 신과 종교 따위에 놀아나고 싶은 마음은 진돗개 터럭 한 올만큼도 없다. 나는 약하고, 취약하고, 허약한 인간이다. 그래서 나는 나를 외면하지 않고 나에 기대 내 삶을 끌고 간다. 유일신 아래 모두가 평등하다면 열 번, 백 번 나를 접고 신을 받아들이고 종교를 받들 것이다. 하지만 지상에 평등이란, 인간사에 평등이란 우리들 모두가 죽는다는 평등밖에 없다. 불평등과 불합리와 부당함이 우리 일상과 사회의 이름이고 맨얼굴이다. 거기에 눈감거나 저항하거나 선택의 차이가 있을 뿐이다.

나는 나다. 나는 너가 아니기에 나고 너는 내가 될 수 없기에 너다. 삶의 한때 너를 강렬하게 원했던 만큼 인정사정없이 너를 내치기도 한다. 인간은 배신과 배반의 천재다. 그렇더라도 나는 내가 아닌 것들 때문에, 나와는 다른 것들 때문에 나를 보게 되었고, 내가 할 수 없는 것들로 인해, 나의 불가능으로 인해, 너의 가능으로 인해 나는 나를 더 알게 된다. 나는 나이면서 너희들인 것이다. 인간 각자가 지닌 개인성은 신에 버금간다. 아니 신 그 자체다. 신과 종교도 인간이 만든 부산물이므로 거기에 인생을 저당 잡히고 생활을 갖다 바칠 까닭이 없다. 내 생각의 난바다에 너, 당신, 그, 그대라는 이름의 파도가 치고 그 물결 위를 우리라는 서광이 잠시 내려앉는다. 우리는 다시 더 지독한 나와 너로 돌아가고 말겠지만.

오늘 어머니가 세상 밖으로 나갔다. 오늘 그토록 나와 불화하던 아버지가 세상 밖으로 나갔다. 이런 부고를 받아들일 날이 가까이, 어쩌면 옆구리만큼 가까이 와 있는지 모른다. 죽은 사람들은 다 어디로 간 걸까. 세상 밖은 밖일까. 나는 필사적으로 이곳에 돌아오지 못하듯 그곳을 향해 한 치의 오차도 없이 나아간다. 지금 여기 내 곁에 의연히 있는 것들과 이미 벌써 허망하게 내 곁에 없는 것들 사이에서 하루가 어두워진다. 오늘 삶이 지나가는 소리를 들었다. 내게로 온 삶이 내게서 떠나가는 소리를. 오늘도 내 삶이 줄어드는 걸 지켜봤다. 어제를 주름잡던 내 악감정을 오늘로 끌고 와 허비한 날이 허다했음에도 쉬이 종결짓지 못하고 또 내일로 끌려가곤 했다. 하루를 살려면 하루와 결별해야 한다. 내일 나는 내일의 나로 다시 태어날 것이다. 내일은 내일의 시간이 움직인다.

2014年
겨
울

오늘 내가 오늘 밖으로 나갔다.

12월 18일 목

  인생이 아주 망가질 뻔한 적이, 살았어도 비참한 상태가 돼 산
사람들에게 폐나 끼치는 처지가 될 뻔한 적이 여러 번 된다. 이렇
게 멀쩡히 살아 욕망하고 있다는 게 내가 생각해도 내가 신기할
지경이다. 운이 좋았다. 정말 운이 좋았다. 그 시인의 시처럼 "오
직 운이 좋았을 뿐이다." 그 밤 그들이 날 구하지 않았다면 내 삶
은 부서지고 처참히 깨져 암흑 속에 처박혔을 것이다. 난 쉽게 나
락 속으로 빠지지 않게 프로그래밍 된 운명을 타고 난 게 아닌가
추측해 보기도 한다. 그 밤 인사불성 상태의 날 구한 사람을 3년
만에 찾아냈다. 한 사람으로 알고 있었는데 두 사람이었다. 그 사
건 이후 공권력은 업자들의 이중대에 불과하다. 남이 죽든 말든
내 알 바 아닌 세상에, 잘못하다간 도와주려는 사람이 되레 죄를
뒤집어쓰고 덮어쓰는 세상에서 위기에 처한 타인을 향한 시선과
그 시선을 행동으로 옮기는 용기가 살아 있다는 게 기이한 쾌감,
기적같이 느껴졌다. 나는 기억하는 자다. 나는 나쁜 기억이든 좋
은 기억이든 기억에 시달리는 자고 기억을 기억하는 자다. 그렇
다고 내 기억에 온기와 열기가 없는 건 아니다. 어떨 땐 너무 뜨
겁다. 기억은 추억과 환멸을 동시다발적으로 출몰시킨다. 나는
그 먼 옛날을 쳐다보듯이 내일의 얼굴을 물끄러미 들여다본다.

316

우선 내가 나를 구원해야 한다.

12월 20일 토

눈 내리는 밤 내 그리움은 먼 데 사람에게 간다. 동식물에게 간다. 잠에서 나온 오전 4시, 창 밖에는 눈이 쌓였고 쌓인 눈 위에 또 눈이 내린다. 오빈리 들판 논둑에 덩그러니 홀로 서서 눈 맞는 은행나무를 생각한다. 고구마 순 뜯어 먹던 고라니는 살았는지, 살았다면 이 밤 어디서 잠 누이고 있을까. 눈 내리는 밤 내 삶보다 멀리 가는 그대들 삶. 나는 눈 치우러 나갈 때까지 가부좌 틀고 앉아 글을 쓴다. 후회는 내 체질이 아니지만 내가 쓴 글들은 나를 자괴감과 불만족의 구덩이에 수시로 빠뜨렸다. 끼니와 같은 글쓰기. 결코 한 끼니조차 되지 못하는 한심한 내 글쓰기. 근근이 연명해나가는 나의 파편적인 글쓰기. 내가 쓴 글은 나조차 비추지 못한다.

동동이는 오늘따라 새벽 6시 전에 일어나 활동을 개시했다. 거실 창밖까지 올라와 안을 들여다보다 내가 창가로 다가가자 기지개를 켜며 나를 향해 곁눈질로 눈을 맞춘다. 저 녀석은 알고 있는 것이다. 눈 내린 새벽 어둠 속에 눈 치우러 나오는 나를. 그런 내가 조금이라도 빨리 나오길 기다리고 있는 것이다.

12월 21일 일

　세상을 덮는 흰 눈은 소년에게 신앙과 같았다. 어른이 되어서도 나이를 먹어가도 눈 내리는 밤은 비 몰아치는 밤과 같이 유별나고 각별하다. 백 마디 말보다 한 줄기 빗방울이 육체에 새겨지듯, 천 마디 인간의 말보다 한 송이 눈이 더 빛난다. 눈 내리는 밤 커피 한 잔 갖다 놓고 우두커니 앉아 있는 것만으로도 내 행복감은 최고조에 달한다. 그런 게 나다.

　내 앞에 남아 있는 시간보다 더 많은 시간들이 손도 못 대고 내 삶 뒤로 별빛처럼 흘러가 버렸다. 無와 無 사이에 '나'라는 한때가 있었다. 언제까지 변함없을 것 같았던 우정이니 사랑조차 하루아침에 얼굴을 바꿔 들고 흩어진다. 그렇더라도 내 육체에 새겨진 타인의 그림자, 타인의 영향력에서 벗어날 수는 없다. 내가 은둔과 고립을 자처해도 타인이라는 불가항력의 세력은 내 내부 깊숙이 박혀 어둡게 빛난다. 너는, 너희들은 흩어졌지만 나는 너를, 너희들을 살고 있는 것이다. 그런 게 나다.

12월 23일 화

　예나 이제나 잠 잘자는 게 최대 평화였고 최고 평화다. 잠자리
가 좋으면 다 좋다. 어린 시절엔 뛰어노는 게 일이었고, 초저녁만
돼도 쏟아지는 잠과 함께 곯아떨어져 아침까지 가기 일쑤였다.
눈 내리는 밤의 설렘보다 잠의 위력이 늘 더 강했다. 그 밤에 눈
의 무게를 견디지 못해 가지가 부러지거나 몸통째 부서지고 무너
지며 내지르던 소나무들의 비명을 잠결에 꿈결처럼 듣기도 했었
다. 아침에 잠에서 나와 문을 열면 무르팍까지 쌓인 눈 세상이 태
초처럼 눈 앞에 펼쳐져 있었고, 동해에는 성난 파도가 파도를 밀
며 파도에 밀리며 해변을 향해 으르렁거렸다. 창세기가 따로 없
었다.

　아무것도 되고 싶어 하지 않았던 날들, 무엇이 될 줄 몰랐던 날
들, 딱히 원하는 것도 욕심부릴 것도 없었던 날들, 사람과 말하기
보다 대지의 두터운 침묵과 하늘의 암흑과 별에 대고 말을 거는
데 익숙했던 날들은 이제 먼 옛날이 되고 말았다. 나는 변한 것이
다. 나는 다른 곳에 있는 것이다.

　예민함과 과민함을 유리 갑옷처럼 두르고 시공간을 애태우며
누비는 자여. 갈수록 유한을 껴입건만 유한의 바다만 드러내는
삶이여. 낮에는 들리지 않던 시계 초침 소리가 자정의 가슴을 파

고들 듯 너무도 또렷하게 들린다. 생이 줄어드는 소리가 심장을 후벼 판다. 그만큼 나는 없어지고 있는 것이다. 나는 오늘밤을 사용해 오늘밤에만 가능한 문장을 쓴다. 오늘밤에는 오늘밤에만 말해질 수 있는 침묵에 대해 말한다. 아직도 내가 살아있다는 게 비현실적으로 느껴질 때가 있다. 그 또한 지독한 현실이지만.

2014年
겨
울

12월 24일 수

　오늘밤 몹쓸 생각이 몸을 일으켜 세운다. 일반화시켜 말하지 말라 해도 우리 시대 한국인들의 얼굴을 보고 있으면 보는 내가 괴롭다. 그들의 얼굴을 뚫어지게 보거나 찬찬히 살펴볼 것도 없이 스쳐 지나가기만 하는 데도 자주 기분이 나빠지거나 엉망이 되곤 한다. 과장된 표현이라 해도 할 수 없다. 그들은 서로 적대적으로 무관심하거나 겨우 표정으로 무마시키고는 있지만 서로 잡아먹지 못해, 우위에 서지 못해, 깔아뭉개지 못해 안달하는 형상이어서 불쾌감과 함께 비애를 불러일으킨다. 하지만 삶에는 "와―이 시대에 어떻게 저런 얼굴을 하고 있지!" "저렇게 아름다운 얼굴로 늙어갈 수 있나!" 소리치고 싶게 예외적인 순간과 마주하는 한순간이 있다. 첫 대면에 몸을 떨리게 하는 그들의 속기 없는 얼굴과 얼굴 속 깊은 눈동자에 사로잡히는 순간 말이다. 그 사람들의 얼굴은 삶의 희로애락을 겪을 만큼 겪었으면서도 '맑고 높고 깊은 얼굴'이어서 보는 사람 자신을 돌아보게 만든다.

　지난달 28일 춘천 '축제극장 몸짓'에서 있었던 싱어 송 라이터 '녹우 김성호' 콘서트에서 뵙던 그의 어머니 얼굴이 그랬다. 무서울 정도로 고요하게 생을 관조하고 있는 아름다운 얼굴이었다. 내가 사춘기 때였던 1970년대 중후반 가끔 티브이에서 바둑 해

설하던 조남철 9단의 얼굴이 그랬었다. 그분의 잔잔한 음성과 온화한 표정까지 대체 조금이라도 삿된 기운을 찾아볼 수 없었다. '한국'을 통째 들먹일 것도 없이 내 살고 있는 이곳에도 인생의 연륜 같은 걸 무색케 하는 부끄럼 모르고, 경우 없고, 노회하고 닳아빠진 나이 든 욕심꾸러기 떼쓰는 진상 노인네들이 수두룩하다. '저렇게 늙으면 어쩌나' 나를 다시 살피게 하는 노인네들. 눈과 귀와 마음을 다스리는 일이 점점 쉽지 않다. 뺀질거리는 우리들의 안면에 뻔뻔하게 박힌 우리들의 안구. 언제부터인가 부끄러움과 죄책감을 망실한 낯짝들이 우리들 주위를 거리낌 없이 활개치고 있다. 이래저래 괴로운 사회다.

2014年
겨
울

공포는 잠자리까지 따라와 잠을 잠 못 들게 물고 늘어진다. 삶이라는 이름으로 지불해야 할 현찰이 공포뿐이겠는가. 두려움, 근심 걱정, 불안과 초조, 모욕과 굴욕, 배신과 배반, 역겨움과 지겨움, 짜증과 신경질, 불쾌감과 불만족을 비롯해 보복과 복수 같은 감정은 살아 있는 한 삶이 감당하고 맞닥뜨려야 할 기본 덕목이다.

삶의 여러 두려움 중 병들거나 불의의 사고로 쓰러져 자신은 물론 산 사람들까지 괴롭게 하며 죽음에 질질 끌려가는 두려움이야말로 두려움의 왕이다. 정말이지 나는 잘 죽고 싶다. 이 세상에서 잘 나가고 싶다. 때가 되면 바람처럼 홀연히 이 삶에서 사라지길, 생의 마지막을 말끔하게 마무리하고 떠나길 저 별빛에 부탁하고 별빛보다 멀리 있는 어둠에 간청하고 싶다. 내가 알고 지내던 얼마 되지 않던 사람들, 나를 조금이나마 알고 지내던 사람들 대부분이 한순간 마치 낙엽 흩어지듯 각자 그들의 나라로 가버리고 말았다. 어느 날 나 역시 흩어져 먼지 속을 뒹굴 것이다.

324

12월 26일 금

춥다. 오늘 아침도 영하 14도. 십이월 들어 내내 춥다. 정신 근육 대신에 몸 근육을 움직여야겠는데 손가락 끝이 갈라지고 발바닥도 갈라 터져 아프다. 탄력과 물기를 잃어가는 내 육체와 함께 내 삶의 후반을 간다. 어제 저녁엔《한국인의 밥상》이라는 티브이 프로를 봤다. '강원도 고성' 지방의 음식을 소개하는 족족, 당장 영을 넘어가고 싶은 욕구가 일었다. 문어 숙회, 도치탕, 도루묵 맑은탕, 도루묵 구이, 양미리 조림, 총알오징어 찜, 삶은 섭(홍합) 등 뭐 하나 군침 돌지 않는 게 없었다. 게다가 그 가식 없는 어부 부부와 해녀들 얼굴에서 잊고 살았던 사람 얼굴을 다시 찾은 기분이었다. 참 묘한 일이다. 가공하지 않은 낯빛 하나가 사람을 비추고 그 낯빛 속 따스한 말 한 마디가 천지를 밝히니 말이다. 낯과 말이 맑으면 사람이 맑았고, 사람이 밝으면 낯과 말이 밝았다.

나는 지금 쓰고 있는 작품과 다른 작품으로 늘 새롭게 죽길 원했듯 지금의 나와는 다른 나로, 매일 다른 나로 태어나 하루 하루를 누비다 그날 그날 저물고 싶었다. 그런 나의 바람과는 달리 나는 대개 어제와 별다를 게 없는 오늘의 나로 머물렀고 그날 그날 나로 살기에도 벅찼다. 나를 애써 부수거나 아예 망가뜨리는 위악적이고 예외적인 삶의 한때가 없었던 건 아니나 나를 벗어버리지도 나를 완전히 떠날 수도 없었다. 그저 나는 나처럼 살았다. 아무리 멀리 가도 제 발 밑을 벗어날 수 없는 인간처럼 나는 너가 아니었고 그가 아니었으며 타인이 아닌 나였다. 나는 '타자'를 입에 달고 사는 자들을 '국민'을 입에 달고 사는 자들만큼이나 경멸한다. 그렇더라도 나는 나 아닌 것들이, 나 아닌 것들에 대한 생각이 나를 움직였고, 움직이고 있고, 움직일 것이란 사실엔 변함이 없다. 아무리 아니라 해도 나는 무수한 너일 것이다.

12월 27일 토

　시란 무엇인가? 묻는다면 '움직이는 無'라 답하겠다. 다시 시
란 무엇인가 묻는다면 '돌아오지 않는 지금'이라고 답하겠다. 또
다시 시란 무엇인가 묻는다면 '무덤이 되는 말, 무덤 위에 피는
말'이라고 답하겠다. 이 추운 겨울 저녁 시가 뭐냐고 묻는다면
'무용지물, 무용지물, 무용지물, 번개의 무용지물'이라고 답하겠
다. 내일 아침 꽝꽝 언 얼음 앞에서 시가 뭐냐고 묻는다면 '헛소
리, 헛소리 이후, 다시 헛소리' 라고 답하겠다. 다시 시가 뭐냐고
묻는다면 '나의 문자, 나의 심장, 나의 발바닥'이라고 답하겠다.
또다시 시가 뭐냐고 묻는다면 '어찌 해 볼 도리없이 지금 이 순간
씌어지는 말과 침묵'이라고 답하겠다. 눈 내리는 이 겨울 저녁 시
란 무엇인가 묻는다면 '솟구친 한 줄, 이후의 한 줄, 다시 한 줄'이
라고 답하겠다. 눈 그친 새벽 시가 뭐냐고 묻는다면 '삶처럼 덧없
고 더없는 우리들의 한때 화사한 봄날을 날아가는 배추흰나비의
시간'이라고 답하겠다. 다시 바람 불고 시가 뭐냐고 묻는다면 '뜻
밖의 말, 뜻대로 안 되는 말, 뜻 없는 뜻, 씌어지는 이 순간도 모르
고 그 이후는 더욱 알 수 없는 순간들의 점화, 빛어둠, 생성하는
혼돈'이라고 답하겠다. 그러고도 시가 뭐냐고 묻는다면 '지금 막
태어나는 미지, 불가능한 시간, 돌이킬 수 없는 죽음, 다시 오지

않을 초유의 말'이라고 답하겠다. 대체 시란 무엇인가 주구장창 묻는다면 '손가락 멀리 가는 머리카락 위 그대 무한, 떼어낼 수 없는 그대 발 밑 어둠'이라고 답하겠다. 묻고 묻고 또 묻고서도 시란 무엇인가 묻는다면 '말이 태어나는 사건, 흔들리는 생의 불빛, 돌아오지 않는 강물 위를 엎어질 듯 엎어질 듯 떠내려가는 종이배'라고 답하겠다. 한 번만 더 시가 뭐냐고 묻는다면 '너를 향한 빛, 알 수 없는 나, 여백의 어두운 저편 언어로 지상에 남은 한 점 물기'라고 답하겠다. 아침에 물으면 아침에 다를 것이고 저녁에 물으면 저녁에 다를 것이다. 백 번 물으면 백 번 다 다르게 말할 것이다. 오늘이 다르고 내일이 다르고 글피가 다를 것이다. 물을 때마다 다른 답변이 나올 것이다.

그러니 묻지 마라. 물을 수 없는 것은. 그래서 더 묻게 되겠지만. 그러니 쓰지 마라. 쓸 수 없는 것은. 그래서 더 쓰게 되겠지만.

우주를 가로질러 계속 살아야 한다.
오직 그것만이 위대한 형벌이다.

12월 28일 일

오늘은 양평 장날. 내가 자주 가던 야채 가게가 무슨 까닭인지 문을 열지 않았다. 한낮에도 귀가 시린 날씨였다. 사람들 북적이는 시장에서 내 감정은 시장 특유의 생기에 활력을 얻기도 하나 발걸음 한켠으로 무겁게 가라앉는 마음도 어쩌지 못한다. 십 대 때나 오십 줄에 들어선 지금이나 크게 변하지 않은 감정 중 하나다. 다른 곳보다 시장에서 여러 사람들의 얼굴을 유독 열심히 살펴보게 되는데, 일부를 제외하곤 다들 이 세상에 와 삶을 지탱하느라 빛 잃고 지친 얼굴들이다. 특히 시장 바닥 한 귀퉁이에 쪼그리고 앉아 자그마한 자판을 벌이고 있는 사람들은 유독 내 신경을 잡아끌며 '저 물건이 과연 팔리기나 할는지?' '저걸 다 팔아야 얼마나 될까?' '저걸로 생계가 될까?' '저 사람은 오늘밤 어디서 누구와 곤한 잠 누일까?' 그런 생각들이 한꺼번에 일어나 앉게 만든다. 전철 타고 시장에 갈 때와는 달리 생미역, 꾸덕꾸덕한 양미리, 사과, 도넛을 사서 일부는 배낭에 넣고 일부는 손에 들고 자전거 도로가 된 구 중앙선 철길을 따라 걸어서 집으로 왔다. 인근 겨울 숲 활엽수들이 말라죽은 게 아닐까 싶게 맥 없는 빛이어서 나무기둥에 대고 "여보세요! 살아 있는겨?" 똑똑 노크라도 하고 싶었다. 저 메마르고 거무튀튀한 겨울나무들이 봄이 되면 어디서 그 많은 잎과 꽃을 데리고 나타나 사람을 황홀경에 빠뜨리는지 그저 감탄하고 놀랄 뿐이다. 봄날 저녁 물 올라 탄력받은 나뭇잎들이 살랑거리는 미풍에 수런거릴 때 나는 삶의 미혹적인 얼굴을 봤던가.

젊은 날엔 쓰고 싶은 시 생각 못지않게 '나무 생각'이 나를 지배했다. 어쩌다 그리됐는지 설명할 길 요원하고 막막하지만 나무가 내 속에 늘 거주했으며, 머리 속에서 도려내 지구 밖으로 내다 버릴 수 없는 그녀의 일거수일투족처럼 나무는 내 시공간을 장악했고 내 그림자와 다름없는 위력으로 나와 함께 움직였다. 어느 순간 나무는 내 삶의 일부가 아닌 전부이다시피 했다. 그 시절 내가 쓴 나무 시편들은 머리 속에서 조제된 제품이 아니었다. 내 속에서 자라고 있던 나무는 내 몸의 말을 통해 터져 나와 수십 편의 시가 되었다. 그러던 내게도 변화의 바람이 불었다. 나를 차지하고 있던 나무의 자리에 '인간'과 '사회'가 밀려들어와 영토를 확장하면서 나무는 설 자리를 잃어갔다.

나는 다 잃은 것일까. 폭포처럼 타오르던 나무들을.

지난 십 년이 어떻게 내 삶에서 빠져나가 과거가 되어 버렸는지, 그 전 십 년보다 더 쾌속으로 내 삶에서 자취를 감춰버렸는지 비현실적인 느낌마저 든다. 나는 살았지만 살지 않은 것 같다. 의식하든 의식하지 못하든 어김없이 삶은 줄어든다. 사과를 한입에 덥석 베어 물든 야금야금 갉아먹든 사과는 줄어들고 나는 언제까지 나일 수 없는 것이다. 삶에서 나간 영혼들은 다 어디로 무엇이 되어 흩어졌을까. 진정 無에 편입했을까. 내가 삶에서 받은 건 선악이든 미추든 삶에다 고스란히 돌려주고 가게 되길 바랄 뿐이다.

12월 29일 월

　그립다. 단지 기질이 맞는다는 이유 하나로 함께 술 마시고 춤 추고 음악 듣고 노래 부르던 사람들. 하나도 그립지 않다. 만나봐야 우리는 그 옛날의 우리가 아니다. 나는 너로부터, 너는 나로부터 멀리 떠내려 갔다.

　헛살았다는 생각조차 헛헛하게 흘러가 버린 날들, 인간의 최대 적은 여전히 인간, 귀찮고 성가시고 짜증 나게 하는 異性들, 점점 더 끼리끼리 계모임 같은 ××판, △△판, ○○판 종사자들과 그 대책 없는 수하들….

　좋든 싫든 인간의 나라에서 인간을 생각하며 하루가 저문다.

　삶의 뒤를 밟는 게 나인지, 내 뒤를 밟는 게 삶인지 모르겠다. 함부로 봐주지 마라. 그들은 고마워하지 않는다. 받은 것 이상으로 보복하고 복수하는 게 최상의 용서다. 고통에는 고통으로, 희열에는 희열로 응징하는 게 이 삶의 지고한 형식이자 방식이다. 나는 자주 이성을 팽개친다. 나는 감정의 동물이다. 인간은 감정의 노예다. 감정의 차이가 인간의 차이다.

　인간마다 첨예하게 자신의 자존을 드러내는 영역이 있다. 가령

주먹을 잘 쓰는 그에게 "걔가 너보다 주먹이 더 세!"란 말만큼 그를 자극하는 말도 없을 것이다. 주먹왕에게는 자신보다 더 센 주먹이 있다는 것은 참을 수 없는 모욕이며 삶의 의욕이 된다. 나보다 공부를 더 잘한다. 나보다 노래를 더 잘한다. 나보다 기타를 더 잘 친다. 나보다 요리를 더 잘한다. 나보다 사랑을 더 잘한다. 나보다…. 뛰어난 글 앞에서 나는 존경과 질투를 함께 느낀다. 그것들은 서로 잡아먹을 듯이 으르렁거리면서도 겉으론 태연한 척한다. 다른 건 몰라도 이 바닥에서 나보다 힘 있는 시를 쓰는 인간이 나를 일으켜 세운다. 내 감정을 부수는 자들, 내 감정에 불을 끼얹는 자들, 내 전의를 극대화시키는 자들이야말로 나의 동지자 적이자 스승이다.

네가 나를 부수기 전에 내가 내 피를 부순다.

12월 30일 화

　나는 나의 존엄을 지킬 수 있는가.

　나는 개인인가.

　나는 잉여인가.

　나는 국가(주의)의 노예인가, 자본(주의)의 부속물인가.

　나는 제외된 소수인가, 자발적 소수인가.

　나는 저항하는 불가능인가, 무저항하는 가능인가.

　타인들은 타인들이다. 위선 떨 필요가 없다. 나는 타인이 아니다. 네 속에서, 내 밖에서 무슨 일이 벌어지고 있는지 한 번이라고 숙고해본 적이 있는 사람이라면 그는 타인이다. 타인의 타인이다. 그렇더라도 우리는 저 거리의 타인들처럼, 무관심의 맹수들처럼 지나쳐 가리다.

　삶이 어떻게 될지 몰라 참담한 기분에 휩싸여 거리 이곳 저곳을 헤매던 나는 노을이 도시를 물들일 때쯤 더 암울해져 밤 거리를 넋 잃은 짐승처럼 쏘다녔다. 나는 그 하룻밤을 견디기 위해 그 하룻밤을 살았다. 그 시절 나는 어떻게 살아야 할지 몰랐다. 지금이라고 다르겠는가. 나는 여전히 어떻게 살아야 할지 모른다. 나는 어떻게 죽어야 할지 모른다. 내가 죽지 않고 삶에 머물고 있다는 게 신기하고, 신비롭고, 기이한 사건처럼 여겨진다.

오늘도 나는 줄어들었다.
줄어든 만큼 위대해졌다.

12월 31일 수

　사람들과 어울리는 일은 피로와 피곤을 가중시키는 소모적인 사업이었다.

　우리는 언제부턴가 전적으로 전격적으로 만나지 않고 계산서 뽑아들고 흥정하듯이 만난다. 나는 그게 싫다. 이 겨울 들어 서너 차례 모임에 초대받았으나 다 접고 조용히 나를 들여다보듯이 지냈다. 사람 만나는 즐거움보다 사람 만나지 않는 즐거움이 고요한 밤처럼 찾아왔다. 늙어가는 것인지, 나이 들어 가는 것인지, 단지 귀찮을 뿐인지 하여간 사람 보고 싶어 미치겠는 마음이 상당 부분 탈색되었다.

　나는 혼자일 때 세계와 호흡했다.

　나는 혼자서 책상 앞에 있을 때 가장 멀리까지 여행했다.

　나는 지금껏 믿음이라고 할 만한 것을 가져보지 못했거니와 그런 것을 추종한 적도 없다. 믿음은 내 속에 들어와 활개 치기 전에 나로부터 구박받고 냉대받았다. 그렇다고 내가 나를 신뢰하는 것도 아니었다. 나는 믿을 만한 물건이 못 된다는 걸 이미 옛날에 알아봤다. 나는 나를 믿음이 없는 나라에 일찌감치 방목했다. 맹신과 과신과 헌신에 목매달고 살 바엔 술 담배를 하는 게 백 배는 덜 해로울 것이다. 믿음을 파는 자들의 교활함과 믿음을 사는 자들의 허약함이 어우러져 한 사회를 사교 집단으로 만들어 버렸다. 나는 믿음 대신 의심에 종사한다. 이 세상 어디에도 우리를 구해줄 믿음 따위 없다는 게 나의 가여운 믿음이다.

그러니 너희, 너희들은 아무것도 하지 말아라.
그게 가장 잘하는 짓일 것이리라.
너희들의 최선은 아무것도 하지 않는 것이다.

나의 천하무능처럼.
나의 천하 불가능처럼.

2014年 일기에 언급한 작품들

막스 피카르트, 『인간과 말』 배수아 옮김, 봄날의책, 2013

막스 피카르트, 『침묵의 세계』 최승자 옮김, 까치, 1999

스콧 매켄지, 〈샌프란시스코〉, 1967

페르난두 페소아, 『불안의 서』 배수아 옮김, 봄날의책, 2014

정윤석, 〈논픽션 다이어리〉, 93분, 2014

정현우, 〈꽃나무〉, 캔버스에 아크릴릭, 6F, 2014

정현우, 〈강아지 따라서〉, 캔버스에 아크릴릭, 10F, 2014

정현우, 〈물고기나라〉, 2014, 캔버스에 아크릴릭, 20F, 2014

윤상규(윤후명), 「울음소리」 「봄, 廢井에서」 『명궁』, 문학과지성사, 1977

모차르트, 〈레퀴엠〉

사이토우 마리코, 『입국』, 민음사, 1993

데이비드 밴, 『자살의 전설』 조영학 옮김, 아르테, 2014

마르셀 프루스트, 『잃어버린 시간을 찾아서 1, 2, 3, 4』 김희영 옮김, 민음사, 2014

김행숙, 「타인의 창」 『창작과비평』 2014년 여름호, 창비, 2014

김행숙, 「半個」 『시와사상』 2014년 여름호, 시와사상사, 2014

혜경궁 홍씨, 『한중록』 정병설 옮김, 문학동네, 2014

조르주 디디-위베르만, 『반딧불의 잔존』 김홍기 옮김, 길, 2012

재레드 다이아몬드, 『총, 균, 쇠』 김진준 옮김, 문학사상, 2005

칼 세이건, 『코스모스』 홍승수 옮김, 사이언스북스, 2011

헨리 조지, 『사회문제의 경제학』 전강수 옮김, 돌베개, 2013

지그문트 프로이트, 『문명 속의 불만』 김석희 옮김, 2012

에릭 홉스봄, 『저항과 반역 그리고 재즈』 김동택 · 김정한 · 정철수 옮김, 영림카디널, 2003

소포클레스, 아이스퀼로스, 『오이디푸스왕 · 안티고네』 천병희 옮김, 문예출판사, 2013

사이먼 싱, 『페르마의 마지막 정리』 박병철 옮김, 영림카디널, 2014

게일 레빈, 『에드워드 호퍼』 최일성 옮김, 을유문화사, 2013

원효, 『금강삼매경론』 김달진 역, 열음사, 1986

원효, 『대승기신론 소 · 별기』 은정희 역주, 일지사, 2000

루쉰, 『루쉰전집 1, 2』 루쉰전집번역위원회 옮김, 그린비, 2010

비트겐슈타인, 『비트겐슈타인 선집 1, 2, 3, 4, 5, 6, 7』 이영철 옮김, 책세상, 2006

커피는 힘이 세다

내 결심은 힘이 없다. 스무 살 때부터 피던 담배를 아직도 못 끊고 있다. 금연을 결심했으나 서너 달이 고작이었다. 으레 연말이 되면 새해부터는 기필코 담배를 끊겠다 다짐하고, 그러다 2월달부터 끊겠다 물러서고, 그래도 그렇지 요번에 산 담배만큼은 다 피우고 끊겠다고 후퇴하는 것처럼 힘이 없다. 바꿔 말하면 담배는 힘이 세다. 어떤 완력이나 술수, 유세를 부리지 않고도 연기煙氣로 한 인간을 지배하니 힘이 세도 너무 세다. 커피보다 더 셀 것이다. 금연과 함께 금주도 시도했으나 역시 서너 달이 한계였다. 그렇다고 금욕이 행복일까.

몸은 몸에 해롭다는 것에도 암묵적인 지지와 성원을 보낼 태세가 되어 있다. 몸에 해롭다고 하는 것들이 몸을 극적이게 만들기 때문이다. 포장하고 과장하지 말자. 몸에는 금기와 침묵과 절제와 겸손과 미덕과 비움과 관용과 사랑 대신 눈과 입과 코와 귀와 혀와 손과 발과 성기와 항문이 심란하게 붙어 있다. 우리가 일일이 이름 붙여 놓지 않아서 그렇지 인생은 온갖 중독으로 가득차 있다. 중독 하면 알코올 중독이 먼저 떠오른다. 마약은 해보지 않았지만 술은 먹을 만큼은 먹었다. 골초도 심각한 중독자인데 '담배 중독' '니코틴 중독'이란 말은 잘 쓰지 않는다. 잘 쓰지 않아서 그렇지 인간은 밥 중독, 옷 중독, 잠 중독, 돈 중독, 권력 중독, 이성異性 중독자들 아닌가. 무기 중독사와 악기 중독자는 얼마나 많을 것인가. 자동차 중독, 아파트 중독, 스마트폰 중독, 패스트푸드 중독… 가지 가지 중독과 중독자들의 세계와 세계사. 그러고 보니 나도 여러 가지 중독과 함께 삶의 봄날을 지나 여름의 끝으로 왔다. 나무 중독. 파도 중독. 음악 중독. 詩 중독. 커피 중독. 삶 중독. 죽음 중독.

커피를 줄여야겠다 마음먹은 게 언제인데 그때뿐, 요즘도 하루에 여섯 일곱 잔을 훌쩍 마신다. 고급 커피를 내려 먹는 것도 아니고, 자판기 커피 스타일로 타서 먹거나 스틱도 마다하지 않는다. 술 담배를 몇 달 안 하면 더 땡긴다. 커피를 안 마신다고 인간이 어떻게 되는 건 아니나 손과 코와 혀는 말할 것도 없고 무엇보다 뇌가 허전하다. 커피가 바닥나면 삶의 핵심 부위가 바닥난 것처럼 기분이 가라앉는다. "커피를 너무 많이 마셔요. 줄여요!" 옆에서 잔소리해도 몸이 그리로 움직이는데 어쩔 건가. 커피가 나의 중추신경을 장악하고 있다. 나는 커피 의존 동물. 커피의 노예.

커피가 소리 없이 인류를 지배하고 있다. 그 많은 커피점과 커피 자판기와 버려지는 일회용 컵들과 커피 관련 산업과 커피로 먹고 사는 사람들까지 한 마디로 커피 세상이다. 지구에서 커피를 추방하면 허탈해 하는 인류의 한숨소리가 지구 상공을 우중충하게 메아리칠 게다. 이 세상의 인간을 두 종류로 나누면 커피 마시는 인간과 커피 마시지 않는 인간으로 나눌 수 있고, 다시 두 종류로 나누면 같이 커피 마시고 싶은 인간과 두 번 다시, 아니 아예 처음부터 같이 마시고 싶지 않은 인간으로 나눌 수 있다. 너무 단순화, 일반화시킨다고 타박해도 할 수 없다. 이 분류가 맘에 안 든다고 이의를 제기하면 "얼른 가서 커피나 한 잔 하게!" 한 마디 해주면 된다. 하여간 우리 시대 상당수 인간들이 커피 중독자들이다. 그래도 알코올 중독보다는 낫고 말고다. 커피에 취해 난동 부렸다는 소리를 들어본 적은 없으니까 말이다.

지금 이 순간에도 지구 위를 돌고 있는 커피. 자그마한 커피 열매가 대륙과 대양을 건너 전 세계인들의 중추신경을 사로잡을 때까지 인간의 시간은 또 얼마나 검었을 것인가. 커피 한 잔이 내 입으로 들어오기까지 어떤 피와 땀이 들어가 있는지 헤아리는 일은 내 초라한 상상을 뛰어넘는다. 네가 언제부터 세계를 누비게 되었든 너는 인간의 피와 살과 뼈를 사무치게 하고, 인간의 넋을 체포한다. 너 없는 하루를 생각할 수 있겠는가. 어떻게 된 세상이 바쁘게 살수록 더 바쁘게 살아야 하고, 빠르게 살수록 더 빠르게 살아야 한다. 자판기 커피 한 잔을 물 들이켜듯 후딱 마시고 서둘러 발길을 옮기던 그 숱한 날들이여. 무엇에 쫓기지 않고 느긋하게 커피 한 잔 마실 수 있는 시간과 날들을 얼마나 고대했던가. 나 같은 무신론자에겐 널린 게 신이니 커피도 엄연히 신이다. 내일 이 지구가 어떻게 되든, 내 삶이 어떻게 굴러가든 우선 커피부터 한 잔 해야겠다. 커피 너 검은 친구, 검은 눈물, 검은 낙원이여.